V. J. Marin

Weihnachtsträume

Vereinte Herzen

AF582530

V. J. Marin

Weihnachtsträume
Vereinte Herzen

Roman

Impressum

Alle Rechte, einschließlich dem des vollständigen oder auszugsweisen Nachdrucks in jeglicher Form, sind vorbehalten.
Alle in diesem Buch geschilderten Handlungen sowie Personen sind frei erfunden. Ähnlichkeiten mit lebenden oder verstorbenen Personen wären rein zufällig und nicht beabsichtigt.

Copyright © 2022 V. J. Marin
Covergestaltung: Marina Ocean
Homepage: www.vjmarin.jimdo.com
Facebook: V. J. Marin Autorin

V. J. Marin
c/o Autorenservice Gorischek
Am Rinnergrund 14/5
8101 Gratkorn
Österreich

ISBN: 9798367457490
Imprint: Independently published

Für Jack, den besten Freund aller Zeiten

Prolog

„Lukas!“ Der Engel drehte sich suchend um. Woher kam die Stimme? In dem Gewusel der anderen Engel, die geschäftig hin und her flitzten, erkannte er nicht sofort denjenigen, der nach ihm rief. Bis sich dieser Jemand seinen Weg zu ihm bahnte und das auch noch ziemlich rücksichtslos. Er schob die anderen beiseite, um zu seinem Ziel zu gelangen, ohne auf deren Proteste zu achten oder gar zu reagieren. Lukas seufzte.

Damian stand schließlich vor ihm. „Puh, das ist ja wieder ein Chaos hier“, beschwerte er sich.

„Wie jedes Jahr kurz bevor die Weihnachtszeit losgeht“, bestätigte Lukas lächelnd. Zum Glück war er kein kleiner Engel für alles mehr wie noch im letzten Jahr. Nun wurde er auch mit wichtigen Aufgaben betraut, weshalb er mittlerweile wesentlich gelassener auf alles reagierte.

„Ich habe dich ewig nicht gesehen. Was treibst du so?", erkundigte sich Damian. Sie waren sich begegnet, kurz nachdem beide das Himmelstor passiert hatten und in der ersten Zeit hatten sie gemeinsam so manchen Schabernack getrieben. Doch Lukas hatte sich in seine Rolle eingefunden, während Damian anscheinend noch immer nicht so recht wusste, wo sein Platz war.

Nun musterte Damian ihn genauer. „Verdammt Alter, du hast ja deine Flügel bekommen!", stellte er erstaunt fest. „Bist du jetzt brav geworden?"

„Psst. Lass Petrus nicht hören, wie du solche Wörter von dir gibst, sonst bekommst du nie deine Flügel." Verstohlen schaute Lukas sich um. „Das hat mit brav gar nichts zu tun. Aber seither habe ich endlich Abwechslung, habe verantwortungsvolle Aufgaben und darf tatsächlich auch als Schutzengel fungieren."

„Ich will auch Flügel", stellte Damian fest. „Was muss ich dafür tun?"

„Keine Ahnung. Frag Petrus. Er wird dir zu gegebener Zeit eine Aufgabe stellen, die du zu erfüllen hast", erklärte Lukas. „Ich muss weiter. Auf mich wartet ein Job. Mach's gut." Damit eilte Lukas davon und ließ einen nachdenklichen Damian zurück.

Kurze Zeit später stand er vor Petrus. „Ich möchte meine Flügel bekommen", forderte er, woraufhin Petrus skeptisch eine Augenbraue hob.

„Ach, möchtest du?“, fragte er nach. „Meinst du, dass du dafür schon bereit bist?“

„Ja, das bin ich“, bekräftigte Damian eifrig. Was Lukas konnte, schaffte er doch mit links.

„Nun gut, dann werde ich sehen, was ich für eine Möglichkeit finde“, meinte Petrus, nachdem er ihn eine Zeitlang ernst gemustert hatte. Ein seliges Grinsen erschien auf dem Gesicht des kleinen Engels. Vielleicht würde dann endlich seine Langeweile vergehen!

Petrus schloss konzentriert die Augen, um zu überlegen, denn viele seiner Engel hatten ihre Aufgaben bereits zugeteilt bekommen. Ob Damian wirklich schon bereit war, würde er erst unter Beweis stellen müssen. Dieser kleine Engel machte es einem nun mal nicht leicht mit seiner forschen Art und seinen Streichen. Dann erhellte ein Lächeln sein Gesicht. Das würde eine harte Aufgabe für Damian werden, doch seine Flügel musste man sich eben verdienen.

„Ich habe etwas für dich gefunden, Damian“, verkündete er schließlich.

„Was ist es denn?“, fragte der Engel neugierig.

Mit einer Handbewegung erschienen vor ihm ein paar Bilder und er erkannte einen Mann und eine Frau.

„Diese beiden sind deine Aufgabe. Kannst du sie lösen, bekommst du deine Flügel. Doch es wird eine Herausforderung für dich werden“, warnte Petrus ihn. „Meinst du, dass du ihr gewachsen bist?“

„Ich kann alles schaffen!“, brüstete sich Damian, woraufhin Petrus tief seufzte. Bescheidenheit war auch nicht gerade eine Stärke des Engels.

„Wir werden sehen. Du erhältst nun genauere Instruktionen …“ Er drehte sich um, während zwei andere Engel geschäftig zu Damian eilten.

„Das kann doch nicht euer Ernst sein!“, hörte Petrus noch, ehe er Damian mit einem leichten Lächeln verließ.

Kapitel 1

Rika

„Hey, Erde an Rika!“, tönte es an mein Ohr. „Sag mal, hörst du mir überhaupt zu?“ Hätte Lexi vor mir gestanden, würde sie wahrscheinlich mit ihrer Hand wild vor meinem Gesicht herumfuchteln, um meine Aufmerksamkeit zu erlangen.

„Sorry, Liebes“, gab ich seufzend zurück. „Ich war für einen Moment abwesend.“

„Das habe ich bemerkt. Was ist denn los?“, erkundigte sich Lexi daraufhin sofort. Tja, wenn ich das mal selbst genau wüsste. Es war ja nicht nur dieser dunkle Schleier, der sich im November immer über mich legte … Ich war tatsächlich um Worte verlegen, suchte krampfhaft nach einer Möglichkeit zu erklären, was in mir vorging. Gar nicht so einfach, auch wenn es sich bei meinem Telefonpartner um meine beste Freundin Lexi handelte, die mich besser kannte, als irgendein anderer Mensch.

„Ich glaube, ich wäre einfach mal bereit für ein wenig Glück“, fasste ich meine Empfindungen schließlich mutig zusammen. Mutig deshalb, weil es mir im Grunde nicht schlechtging. Ich hatte einen guten Job, eine tolle Wohnung, meinen Eltern ging es gesundheitlich wieder besser und ich besaß die beste Freundin der Welt. Dennoch fehlte mir etwas in meinem Leben. Während alle anderen aus unserer Mädelsclique mittlerweile verheiratet waren oder zumindest einen Partner vorweisen konnten, herrschte bei mir einfach nur Ebbe auf dem Gebiet. Sogar Lexi war nun mit ihrem Traumpartner Timo liiert und gerade dabei, ihren Umzug zu planen.

Ich drehte meinen Schreibtischstuhl in Richtung Fenster und schaute hinaus. Graues, trübes Novemberwetter erwartete mich dort, ebenso wie in den letzten Tagen. Vor kurzem hatte obendrein noch ein feiner Sprühregen eingesetzt, weshalb ich meine Mittagspause lieber in meinem Büro verbrachte, anstatt draußen spazieren zu gehen und damit meiner inneren Unruhe zu begegnen, die mich momentan immer wieder einmal heimsuchte. Die dunkle Jahreszeit war einfach nichts für mich und am liebsten würde ich in eine Art Winterschlaf fallen, um erst wieder aufzuwachen, wenn sie vorüber wäre. Die einzigen Highlights waren Schnee und Weihnachten. Leider wurden wir hier selten mit der weißen Pracht verwöhnt, sodass mir nur das Fest der Liebe blieb, um mich abzulenken. Man könnte mich, ebenso wie Lexi als riesengroßen Weihnachtsfan bezeichnen … mit allem Drum und Dran, angefangen bei Weihnachtsliedern wie ‚Last Christmas' bis hin zum kitschigsten Film. Was das anging hing ich in diesem Jahr allerdings ziemlich hinterher. Ich hatte weder ein Weihnachtslied, noch einen Film gesehen. Bald war der erste Advent und ich hatte noch nicht einmal angefangen zu schmücken, wie mir gerade einfiel.

„Dann sollte dir mein Vorschlag ja gefallen!", unterbrach Lexi freudig meine Gedanken.

„Welcher Vorschlag denn?", fragte ich nach, woraufhin ich einen abgrundtiefen Seufzer vernahm.

„Rika, du hast ja wirklich überhaupt nicht zugehört! Aber ich erkläre es gern noch einmal für dich. Also pass auf: Da zurzeit keine von uns schwanger ist oder stillt, machen wir einen verlängerten Wochenendtrip. Alle anderen haben bereits zugesagt. Nur du fehlst noch. Und bevor du mir damit kommst, dass du keinen Urlaub hast: Nimm ihn dir. Schließlich hast du aus dem letzten Jahr zehn Tage mit rüber genommen und wenn mich nicht alles täuscht, dann hast du auch in diesem noch nicht allzu viele Tage gehabt."

Wo sie recht hatte, hatte sie recht. Auf meinem Urlaubskonto müssten noch ungefähr zwanzig Tage übrig sein und das Jahr war beinahe zu Ende. Meine letzten freien Tage waren bereits viel zu lange her, also würde ich morgen direkt mein Glück versuchen. Im letzten Jahr war mir der Urlaub um Weihnachten herum aus ziemlich fadenscheinigen Gründen abgelehnt worden. Doch das hatte ich für mich behalten. Lexi hatte selbst so viel um die Ohren gehabt. Erst die neue Arbeitsstelle, dann auch noch eine neue Beziehung. Und schließlich hatte ich es einfach abgehakt. Mein Herz schlug höher, während meine Stimmung sich zeitgleich deutlich hob bei der Aussicht auf eine Abwechslung zu der üblichen Routine.

„Das hört sich toll an! Wann soll es denn soweit sein und wohin fahren wir?“ Nun packte mich direkt die Reiselust, woraufhin Lexi herzlich lachte.

„Das Ziel dürfte genau deinen Geschmack treffen: Wir fahren nach Dresden zum Strietzelmarkt!“, verkündete Lexi die frohe Botschaft. Als ich das vernahm quietschte ich vor Freude auf. Weihnachtsmarkt! Der Strietzelmarkt stand bereits seit längerem auf unserer Liste von Märkten, die wir unbedingt besuchen wollten. Den Nürnberger Christkindlmarkt, welcher ebenfalls schon seit Ewigkeiten auf dieser Liste stand, hatte sie im letzten Jahr bereits mit Timo erlebt, wohingegen ich zu Hause geblieben war.

„Hey, das ist ja mal richtig cool!“, freute ich mich. „Du hast meinen Tag gerettet!“

„Ich wusste doch, dass du dich dafür begeistern würdest. Nun muss nur noch dein Sklaventreiber von einem Chef den Urlaub genehmigen. So lange warten wir mit einem festen Termin.“ Sie nannte mir die Daten des Weihnachtsmarktes, sodass ich den Kalender vom Chef durchforsten konnte, um den bestmöglichen Vorschlag zu unterbreiten.

„Geht es dir sonst gut?“, erkundigte sich Lexi schließlich, nachdem wir die groben Vorausplanungen abgeschlossen hatten.

„Jetzt auf jeden Fall wieder. Das Wetter drückt mir aufs Gemüt“, gab ich bereitwillig zu. Meine Freundin wäre nicht meine Freundin, wenn sie darüber nicht Bescheid wissen würde. Jedes Jahr im November befiel mich diese Melancholie, jedes Jahr seit … Ich verbot mir selbst darüber nachzudenken, um nicht wieder in ein Stimmungstief abzurutschen.

„Du denkst immer noch daran, oder?“ Doch Lexi ließ das Thema nicht fallen. Ich wusste, dass sie es gut meinte, aber ich konnte und wollte jetzt nicht darüber reden.

„Nicht jetzt, Lexi“, bat ich sie leise. „Ich habe noch einen Berg Arbeit auf dem Tisch liegen und kann es mir nicht leisten, nun abzudriften oder nicht bei der Sache zu sein.“

„Ist gut. Du weißt, dass ich für dich da bin, wenn du reden willst“, erwiderte sie sanft.

„Ja, das ist mir bewusst. Was macht denn dein Umzug?“, wechselte ich rasch das Thema.

„Ach, ich wusste gar nicht, wie viel Zeug ich in den letzten Jahren zusammengetragen habe und wie viel in meine kleine Wohnung passt“, gab Lexi seufzend zurück, ehe sie mir einen Zwischenstand zum Kisten packen gab.

Unser Telefonat endete damit, dass wir uns für den Abend verabredeten, damit ich ihr ein wenig unter die Arme greifen konnte. Damit war auch meine Mittagspause vorbei.

Fröhlich vor mich hin summend nahm ich meine Arbeit wieder auf und kurze Zeit später betrat mein Chef das Büro. Ich schaute auf. Offenbar hatte ihm irgendetwas die Laune verhagelt, denn er betrachtete mich mit verkniffenem Gesicht. Innerlich seufzte ich auf.

„So gut gelaunt? Na dann haben Sie ja kein Problem damit, diese Akten zu bearbeiten“, meinte er grimmig, während er einen ganzen Schwung davon auf meinen Schreibtisch beförderte. Bis zum letzten Jahr hatte ich wirklich gern für ihn gearbeitet, doch dann war etwas passiert. Was auch immer es war, sein Verhalten mir gegenüber wurde immer grenzwertiger. Er sprach nicht mit mir darüber und ich war mir keiner Schuld bewusst. Mir war nicht klar, womit ich ihn dermaßen verärgert haben könnte. Vielleicht war ich aber auch nur extrem empfindlich geworden. Jedenfalls dachte ich ernsthaft darüber nach, den Job zu wechseln, denn er trug nicht gerade dazu bei, meine Stimmung aufzuhellen.

Die Akten würden mich bis Ende der Woche beschäftigen, wenn nicht sogar länger, wie es den Anschein hatte. Neben meiner regulären Arbeit, versteht sich. In groben Zügen schilderte Herr Schmidt die Aufgaben, die mit der Bearbeitung einhergingen, bevor er aus meinem Büro rauschte. Wie es schien, hatte er seine gute Laune wiedergefunden, wohingegen meine in den Keller sank. Das bedeutete mal wieder Überstunden, so viel war sicher. Manchmal hegte ich den Verdacht, dass Herr Schmidt sich extra Aufgaben ausdachte, um mich zu ärgern. Wenn ich nur wüsste, warum! Mit einem tiefen Seufzer machte ich mich wieder an die Arbeit.

Es war schon lange dunkel, als ich meine müden Knochen reckte und streckte, ehe ich den Computer endgültig hinunterfuhr. Mein Magen knurrte und ich hatte nicht einmal Zeit zum Essen, ehe ich zu Lexi fuhr. Also schickte ich ihr eine kurze Sprachnachricht. „Hey Süße, ich sterbe vor Hunger. Soll ich uns etwas mitbringen oder hast du schon gegessen?“

„Mach dir keinen Stress. Ich habe gerade Pizza bestellt. Also komm endlich und bring deinen Bärenhunger mit.“

Daraufhin lachte ich, schlüpfte in meinen Mantel, schnappte meine Tasche und löschte das Licht. Auf dem Flur brannte nur eine einsame Lampe und meine Schritte auf dem Boden waren das einzige Geräusch, welches in der Umgebung erklang. Gespenstisch. Wenn ich nicht bereits daran gewöhnt wäre. Offenbar waren alle anderen schon nach Hause gegangen, einschließlich meines Chefs, der es nicht einmal für nötig befunden hatte, mir Bescheid zu geben. Das ging so nicht mehr weiter!

Wenigstens hatte es mittlerweile aufgehört zu regnen, wie ich erleichtert feststellte, als ich aus dem Gebäude trat. Dennoch war die Luft mit Feuchtigkeit angereichert, sodass ich schnell ein Haargummi aus der Tasche kramte, um mein Haar zusammenzubinden, ehe es mir in wilden Locken um den Kopf stand. Jeden Morgen kostete es mich einige Mühe, meine Mähne soweit zu bändigen, bis sie einigermaßen vorzeigbar war. Ich konnte förmlich spüren, wie es anfing, sich zu kräuseln.

Mit schnellen Schritten eilte ich zu meinem einsamen Auto, welches bis auf das des Nachtpförtners verlassen auf dem Parkplatz stand. Es musste sich dringend etwas ändern. Ich war kein Workaholic und dies war nicht meine Firma. Warum war ich so oft die Letzte, die dieses Gelände verließ? Selbst die Produktions- und Lagermitarbeiter waren schon weg.

Frustriert stieg ich in meinen Wagen und fuhr auf direktem Weg zu Lexi. Dort wartete ein freundlicher, liebevoller Mensch auf mich und das konnte ich gebrauchen. Meinen Eltern wollte ich mit meinen Sorgen nicht zur Last fallen, denn die hatten mit ihren eigenen genug zu tun, einschließlich ihrer angeschlagenen Gesundheit.

Immerhin fand ich direkt einen Parkplatz vor Lexis Wohngebäude, sodass ich mit meinen, vor Hunger, schon ganz weichen Knien nicht erst weit laufen musste. Erleichtert stieg ich aus, schnappte mir meine Tasche und lief den kurzen Weg zur Haustür, wo ich direkt klingelte. Mir war kalt und obendrein setzte erneut Nieselregen ein, der mir förmlich unter die Klamotten kroch.

„Hey, da bist du ja endlich. Die Pizza ist gerade geliefert worden.“ Lächelnd schloss Lexi mich in ihre Umarmung, welche ich zu gern erwiderte. Es tat so gut, sie an diesem trüben Tag zu sehen.

„Ich sterbe vor Hunger“, verkündete ich, während ich ihr in die Wohnung folgte, um mich aus meinem Mantel zu schälen. Neugierig sah ich mich um, als ich das Wohnzimmer betrat, wo Lexi bereits alles vorbereitet hatte. Als ich den Pizzakarton öffnete, inhalierte ich den köstlichen Duft regelrecht, der mir entgegenschlug. Daraufhin beschwerte sich mein

Magen peinlicherweise so lautstark, dass wir beide in lautes Lachen ausbrachen.

„Wow, du musst ja wirklich völlig ausgehungert sein“, kommentierte Lexi das Knurren.

„Du hast ja keine Ahnung“, seufzte ich und griff direkt nach dem ersten Stück. Alles andere musste warten. Genießerisch schloss ich die Augen, um mich ganz dem Geschmack hinzugeben. Als ich das erste Viertel vertilgt hatte, fühlte ich mich gleich besser. Lexi beobachtete mich amüsiert.

„Weißt du, wenn ich dich nicht bestens kennen würde, könnte ich glatt beleidigt sein, dass du die Pizza mir vorziehst“, meinte sie grinsend, ehe sie selbst in ihr erstes Stück biss.

„Hey, ich hatte einen langen Tag“, protestierte ich lediglich der Form halber. „Und zum Mittag hatte ich lediglich Salat, da es in der Kantine nur noch Grünkohl gab und den kann ich nun einmal nicht ausstehen. Hätte ich heute Morgen geahnt, dass ich mal wieder die Letzte bin, die das Gebäude verlässt, hätte ich vorgesorgt.“

„Das kann ich mir vorstellen. Liebes, du musst deinem Chef mal langsam klarmachen, dass es so nicht weitergeht. Er kann dich nicht mit Arbeit dermaßen vollballern und erwarten, dass du immer länger bleibst. Das ist doch nicht gesund! Wie viele Überstunden hast du eigentlich mittlerweile?“, erkundigte sie sich besorgt.

Wie viele es tatsächlich waren, hatte ich vorhin gecheckt und da war mir beinahe übel geworden. Mit so vielen Stunden hatte ich selbst nicht gerechnet.

„Es sind ungefähr einhundertsechzig“, gab ich kleinlaut zurück. Wann immer ich zur Ruhe kam, bemerkte ich, dass die viele Arbeit langsam an die Substanz ging, deshalb schien der Kurzurlaub umso begehrenswerter.

„Du hast doch früher nicht so viele Stunden gemacht. Was hat sich denn geändert?“

„Wenn ich das mal wüsste“, erwiderte ich nachdenklich. „Seit fast einem Jahr ist der Chef mir gegenüber teils unausstehlich und ich habe keine Ahnung, welche Laus ihm über die Leber gelaufen ist.“

„Hast du ihn mal gefragt?“, wollte Lexi wissen.

„Nein, das habe ich nicht gewagt“, winkte ich ab.

„Das würde ich an deiner Stelle allerdings wissen wollen. Ihr habt doch einen Betriebsrat. Sonst schalte den mal ein“, schlug sie vor.

„Ich habe schon ein paar Mal drüber nachgedacht“, gab ich zu. „Wenn ich mal sicher wäre, dass es etwas bringt. Aber das bin ich nicht. Mit Sicherheit lässt er es mich dann irgendwie spüren.“

„Du kannst nicht ewig so weitermachen“, beharrte Lexi.

„Ich weiß es. Deshalb strecke ich meine Fühler bereits nach einem anderen Job aus. Leider war noch nichts Passendes für mich dabei." Wenn ich nur selbst wüsste, was das wäre!

„Das wird schon", versuchte sie mich zu trösten.

Mittlerweile hielt ich das letzte Stück meiner Pizza in der Hand und sah mich nochmals aufmerksam um. „Deine Wohnung ist ganz schön leer geworden", kommentierte ich. „Es ist, als wäre ein Teil deiner Persönlichkeit bereits ausgezogen. Vor allem ist es ungewohnt, dass gar keine Weihnachtsdeko zu sehen ist."

„Ich weiß! Da es sich hier nicht mehr lohnt, habe ich bei Timo schon damit begonnen", erwiderte Lexi lachend. „Aber langsam wird es so ungemütlich, dass ich mich hier nicht mehr wohlfühle. Doch ich werde die Wohnung mit Sicherheit vermissen."

„Das glaube ich auch", pflichtete ich ihr bei. „Wie fühlt es sich an, nun mit Timo zusammenzuziehen?"

„Ich hätte nie gedacht, dass ich nach so kurzer Beziehung direkt mit einem Mann zusammenziehen würde, doch es fühlt sich einfach nur richtig an", schwärmte sie. Damit versetzte sie mir, ohne es zu wollen, einen Stich ins Herz. Ganz kurz loderte etwas wie Eifersucht in mir auf. Erschrocken kämpfte ich das Gefühl nieder, schließlich gönnte ich meiner besten Freundin ihr Glück. Immerhin hatte sie lange genug danach gesucht. Wenn ich meines doch ebenfalls finden könnte! Damit blieb ich der ewige Single und auf mich wartete niemand, wenn ich nach einem langen Arbeitstag heimkam. Ich wollte mich von meinen düsteren Gedanken nicht erdrücken lassen und erhob mich.

„Na los, zeig mir, womit ich dir helfen kann, sonst haben wir am Ende des Abends gar nichts geschafft", meinte ich grinsend, woraufhin Lexi ebenfalls von der Couch aufstand.

„Okay, dann lass uns mal loslegen!"

Kapitel 2

Adrian

Wieder einmal ließ ich eines dieser stinklangweiligen Abendessen mit meinem Vater über mich ergehen zu dem er, wie so oft, eine junge Frau eingeladen hatte, die ich nicht kannte. Zugebenermaßen war sie hübsch, doch mein Interesse an ihr hielt sich in Grenzen. Ich wusste, was mein Vater damit bezweckte, denn er ging ja nicht gerade subtil vor. Bisher akzeptierte er einfach immer noch nicht, dass ich mir meine Partnerinnen selbst aussuchen wollte. Dabei weckten die jungen Dinger, die er häufig bei seinen Geschäftspartnern auftrieb, kein Interesse bei mir. Das Gespräch zwischen meinem Vater und … ich hatte mir nicht einmal ihren Namen gemerkt, da sie alle austauschbar waren, wirkte auf mich eher wie ein Vorstellungsgespräch.

Seit ich das Haus betreten hatte, stand ich unter Anspannung, denn über kurz oder lang durfte ich mir mit Sicherheit eine der Gardinenpredigten meines Vaters anhören. Fragte sich nur, ob das Mädel dann noch anwesend wäre, damit es gleich noch ein wenig peinlicher wurde, oder ob ich allein das Vergnügen hätte. Doch bisher schwelgte er lediglich in seinen Geschäftserfolgen, die mich gar nicht interessierten. Obwohl ich mittlerweile selbst Geschäftsführer und Teilhaber einer erfolgreichen Firma im Bereich erneuerbarer Energien war, ging mein Vater fest davon aus, dass ich sein Nachfolger werden würde. Doch da konnte er sich auf den Kopf stellen! Ich ging meinen eigenen Weg und wollte mir nicht mehr vorschreiben lassen, was ich in seinen Augen zu tun hatte. Schon viel zu lange trieb er dieses Spiel mit mir. Himmel, ich war schließlich schon seit Jahren erwachsen!

Während er erzählte und erzählte, langweilte ich mich und schlang das Essen in mich hinein, um möglichst bald wieder gehen zu können. Ich biss die Zähne zusammen, als das Mädchen schrill kicherte, weil mein alter Herr versuchte, witzig zu sein. Gott, hoffentlich war diese Farce bald vorbei! Niemand würde mir meine verlorene Lebenszeit wiedergeben, also warum ließ ich mich immer wieder dazu breitschlagen, zu diesen Abendessen zu erscheinen? Einerseits war er mein einziger naher Verwandter oder zumindest der einzige erreichbare, und immer wieder schwang die Hoffnung mit, dass es ihm um mich und meine Gesellschaft gehen würde, doch jedes Mal belehrte er mich eines Besseren. Ihm ging es lediglich darum, mich an die Frau zu bringen und das konnte er getrost vergessen. Andererseits hatte er mich irgendwie in der Hand. Wenn ich das doch nur in Ordnung bringen könnte!

Müde rieb ich mir über die Stirn, denn es war ein langer Tag gewesen. Ich sehnte mich nach ein wenig Ruhe und vor allem konnte ich das schrille Gekicher des Mädchens nicht mehr ertragen. Es traf jedes Mal einen Nerv, der mich immer rappeliger werden ließ. Es wurde Zeit, sich zu verabschieden, ehe mein Vater zu seiner üblichen Predigt ansetzte, denn darauf hatte ich gerade keine Lust. Ich fragte mich, warum ich überhaupt hier war, denn offenbar legte keiner von beiden Wert auf meine Beteiligung an der Unterhaltung. Sollte mein alter Herr doch dieses junge Ding daten, ich jedenfalls nicht! Die war ja kaum mit der Schule fertig!

Abrupt stand ich auf. Überrascht starrten mich zwei Augenpaare an. „Es tut mir leid, aber ich fühle mich nicht wohl, sodass ich mich nun verabschieden möchte. Vielen Dank für das gute Essen und die nette Gesellschaft. Ich wünsche euch noch einen schönen Abend." Noch ehe einer von beiden etwas erwidern konnte, ergriff ich die Flucht. Das Mädel rief mir so etwas wie ‚gute Besserung‘ hinterher, doch ich sah mich nicht mehr um.

Erst als ich das Haus verlassen hatte, konnte ich wieder richtig durchatmen. Ich legte den Kopf in den Nacken und tat ein paar tiefe Atemzüge. Dann drehte ich mich um, musterte das Haus, in dem ich aufgewachsen war und schüttelte den Kopf. Einmal mehr konnte ich verstehen, dass meine Mutter ihren Mann verlassen hatte. Nur warum hatte sie mich nicht mitgenommen? Diese Frage würde sich wohl nie klären lassen und ewig an mir nagen, denn sie hatte mich zurückgelassen, ohne sich jemals wieder zu melden.

Seufzend stieg ich in mein Auto und beschloss, meinem Freund Timo einen Besuch abzustatten. Ich benötigte dringend ein wenig Zerstreuung, um dieses Essen zu vergessen. Soweit ich wusste, würde er heute Abend allein sein und ich wollte nur auf andere Gedanken kommen. Frustriert fuhr ich mir mit den Händen übers Gesicht. Hoffentlich hatte er Zeit! So stieg wenigstens die Chance, dass ich heute Nacht ein wenig Schlaf finden würde.

Ich startete den Motor und genoss für einen Moment den vollen 6 Zylinder Sound, der jedes Mal Musik in meinen Ohren war. Es war paradox, dass mein Vater einen toll laufenden Handel für Autoteile vertrieb und ich keinerlei Lust verspürte, dort einzusteigen, obwohl ich Autos liebte. Es war einfach nicht das gleiche. Außerdem mochte ich die Herausforderung meiner eigenen Firma. Die Möglichkeit, die Welt ein wenig besser zu machen, die Forschung in Richtung erneuerbarer Energien voranzutreiben, das war es, was mich antrieb. Ohne Zweifel hatte auch mein Vater die Zeichen der Zeit erkannt und von Tuningteilen umgesattelt zu wieder aufbereiteten Teilen. Der Anteil der Tuning Komponenten war mittlerweile verschwindend gering, dennoch reizte es mich überhaupt nicht, die Firma zu übernehmen. Das konnte oder besser wollte mein Vater einfach nicht verstehen.

Es waren nur wenige Kilometer bis zu Timos Haus, sodass ich unterwegs die Musik aufdrehte, um ein wenig runterzukommen. Als ich kurze Zeit später in die Einfahrt einbog, ging es mir schon ein wenig besser. Ich parkte den Wagen, stieg aus, drückte auf die Fernbedienung, um ihn zu verschließen und wandte mich in Richtung Haustür, welche soeben geöffnet wurde. Vor mir stand mein bester Freund und Geschäftspartner Timo, in Jogginghosen und mit Casimir auf dem Arm. An diesem Kater hatte er einen Narren gefressen und obwohl ich eher im Team Hund spielte, konnte ich es nachvollziehen. Ehe er mit Lexi zusammenkam, hatte er so wenigstens jemanden, der auf ihn wartete, wenn er heimkam.

„Hab ich doch richtig gehört“, begrüßte er mich grinsend. „War es wieder ein harter Abend?“, fragte er mitfühlend, denn als mein bester Freund wusste er, dass heute wieder ein Abendessen angestanden hatte.

„Du sagst es“, erwiderte ich seufzend. „Hast du ein wenig Zeit für mich?“

„Natürlich. Lexi trifft sich heute Abend mit ihrer Freundin, um weitere Sachen zusammenzupacken. Wir sind also allein. Komm rein“, forderte er mich auf und trat beiseite, um mich passieren zu lassen. Bereitwillig folgte ich der Einladung, froh, den restlichen Abend nicht allein verbringen zu müssen.

Schweigend kam Timo mir ins Wohnzimmer hinterher, nachdem er die Tür geschlossen hatte, trat an seinen Barschrank und schenkte uns beiden ein Glas ein. Dann deutete er mir mit einer Handbewegung an, mich zu setzen, reichte mir ein Glas und ließ sich selbst in einem der Sessel nieder. „Möchtest du darüber reden?“, fragte er schließlich, nachdem wir uns beide einen Schluck genehmigt hatten.

„Ich weiß es nicht“, gab ich leise zurück, lehnte den Kopf an die Lehne und atmete tief durch, ehe ich mich wiederaufrichtete. Timo musterte mich lediglich und ließ mir die Zeit, meine Gedanken zu ordnen. Erneut nahm ich einen Schluck von meinem Drink, drehte das Glas in meiner Hand und suchte schließlich seinen Blick.

„Ich weiß nicht, wie lange ich das noch aushalte", brach es schließlich aus mir heraus. „Die Mädchen, die mir mein Vater ständig vorstellt, scheinen immer jünger zu werden. Sie sind attraktiv, aber naiv und gerade mit der Schule fertig. Was soll ich damit? Wenn ich mir eine Partnerin suche, dann eine richtige Frau, die mit beiden Beinen im Leben steht. Was verspricht er sich davon?" Ich sprach alles aus, was mir gerade in den Sinn kam, trank wieder einen Schluck und versank in brütendem Schweigen. Unwillkürlich schweiften meine Gedanken zu der einzigen Frau ab, die mich seit Jahren interessiert hatte. Doch es hatte nicht sollen sein. Mal wieder hatte mein Vater es geschafft, in mein Leben einzugreifen und das musste aufhören, wenn ich jemals mein Glück finden wollte. Dass es nicht unmöglich war, zeigte mir Timo, der nach Jahren als Single nun mit Lexi glücklich war.

„Keine Ahnung. Vielleicht hofft er auf einen würdigen Firmennachfolger, den er bisher in dir nicht gefunden hat. Hast du jemals erwogen, sein Angebot anzunehmen?", fragte er ernst.

„Nein, das war nie eine Option für mich. Mit meinem Vater zusammenzuarbeiten … nein, das kann ich mir in meinen kühnsten Träumen nicht vorstellen. Das weiß er auch", erklärte ich bestimmt.

„Trotzdem scheint er es nicht wahrhaben zu wollen und setzt dich unter Druck", wandte Timo ein.

„Was soll ich denn noch tun?“, fragte ich verzweifelt.

„Geh nicht mehr zu diesen Abendessen, es sei denn, ihr seid allein. Vielleicht könnt ihr euch dann wieder annähern. Ohne diese Frauen, die er immer für dich aussucht.“

„Sie reizen mich nicht im Geringsten“, erklärte ich entschieden und so war es auch. Obwohl ich kein Kind von Traurigkeit war, was Frauen anging, so suchte ich sie mir stets selber aus. Doch in letzter Zeit verschaffte mir mein Lebensstil keine Befriedigung mehr, genauer gesagt sogar seit fast einem Jahr. Es musste doch mehr im Leben geben, ich meine, bei meinen Freunden ging es doch auch. Allerdings musste ich erst einmal herausfinden, was es war.

„Was ist mit den Frauen, die du sonst so abschleppst? Findest du darin Erfüllung?“, wollte er wissen, so als hätte ich meine Gedanken laut ausgesprochen. Mein Glas war leer und ich fühlte mich, als müsste ich noch viel mehr trinken, um dieses Gespräch zu überstehen. Aber ich war mit dem Auto hier, sodass ich mich zusammenriss.

„Nein, das gibt mir schon länger nichts mehr“, gab ich nach kurzem Überlegen zu. „Sie waren allenfalls für ein wenig Ablenkung gut.“ Es war nicht gerade leicht, das zuzugeben. Für einige Zeit hatte ich sogar gedacht, dass mir die Jagd ohne meinen besten Freund keinen

Spaß mehr machte, doch, wenn ich ehrlich war, so lag es an mir.

„Dann finde endlich heraus, was du willst!“ Nun klang Timo dermaßen eindringlich, dass ich regelrecht zusammenzuckte. „Du hast lange Zeit keine Gefühle zugelassen, vielleicht ist es nun an der Zeit darauf zu hören, statt auf den Verstand.“ Wie sollte ich ihm erklären, dass es nicht gut war, auf meine Gefühle zu hören? Ich hatte ihm nicht erzählt, welche Macht mein Vater über mich hatte und wie er Einfluss darauf nahm, welche Frau ich zu daten hatte. Er wusste nur von den Abendessen. Nicht heute, entschied ich spontan. Dem war ich jetzt nicht gewachsen.

„Ich werde versuchen, es herauszufinden“, versprach ich ihm, woraufhin wir endlich das Thema wechselten. „Sag mir, wie fühlt es sich an, sein Reich bald mit einer Frau teilen zu müssen?“, fragte ich grinsend. Mir war aufgefallen, dass sein Wohnzimmer weihnachtlich angehaucht war, etwas, was sonst nie der Fall war.

„Es ist komisch, aber auch aufregend“, gab er zu. „Wir müssen so viele Dinge entscheiden. Immerhin hat Lexi auch einige Möbel und anderes Zeug, das wir hier unterbringen müssen. Eines Tages wirst du gewiss vor denselben Entscheidungen stehen“, meinte er zuversichtlich und zwinkerte mir zu, ehe er sich erhob, um mir einen alkoholfreien Drink anzubieten. War es denn das, was ich wollte? Eine feste Frau im Leben? Im Grunde wollte ich allerdings eine bestimmte Frau …

Kapitel 3

Rika

Nachdem ich gefühlte Stunden lang Kisten eingepackt und dafür gesorgt hatte, dass Lexis Wohnung noch ungemütlicher wurde, kehrte ich in meine eigenen kühlen, einsamen vier Wände zurück. Nun wäre es schön, wenn jemand da wäre, an den ich mich kuscheln könnte, um ihm mein Leid zu klagen. Dieser Gedanke schien mich beinahe zu beherrschen. Warum war das so? Sonst hatte es mir schon seit längerem nichts ausgemacht, allein zu sein. Doch nun dachte ich immer wieder darüber nach.

Stattdessen ging ich unter die Dusche, schlüpfte in meinen dicken flauschigen Pyjama und ging allein ins Bett, um noch ein wenig fernzusehen. Wie jämmerlich war das bitte? Mal wieder wurde mir klar, dass ich mir eigentlich etwas Anderes im Leben wünschte, doch ich wusste nicht, wie ich es erreichen sollte.

Da hatte es diesen Mann gegeben mit dem ich mir mehr hätte vorstellen können, doch wir hatten uns nur ein paar Mal getroffen und waren nie bis zum Äußersten gegangen. Es war einfach nur schön gewesen, mit ihm Zärtlichkeiten auszutauschen, einander kennenzulernen und von etwas zu träumen, dass es offenbar nur in meiner Vorstellung gab. Einige Male hatten wir zusammen auf der Couch oder im Bett gelegen und so lange geredet, bis uns schließlich die Augen zugefallen waren. Umso mehr hatte es mich enttäuscht, dass er mich geghostet hatte. Von einem Tag auf den anderen war er nicht mehr erreichbar und meldete sich selbst ebenso wenig. Selbst im Fitnessstudio, wo wir uns kennengelernt hatten, war er nicht mehr aufgetaucht, sodass ich schließlich versuchte, ihn mir aus dem Kopf zu schlagen, was mir allerdings nur leidlich gelang, da ich mich immer wieder fragte, wohin uns unser Weg geführt hätte.

Im Grunde blieb mir nun nur noch, mich in die Arbeit zu stürzen, aber das brachte mir keine Erfüllung. Stattdessen führte mich das nur näher an einen Nervenzusammenbruch heran, wie es den Anschein hatte.

***

Gleich am nächsten Morgen stellte mein Chef mich mal wieder auf die Probe, kurz nachdem ich an meinem Schreibtisch Platz genommen hatte. Noch nicht einmal einen ersten Kaffee gönnte er mir, denn schon stand er vor mir und blaffte mich an.

„Rika, wo ist der Beamer? In einer halben Stunde benötige ich ihn hier. Checken Sie denn nie Ihre Mails?“, fragte er mit einem verächtlichen Unterton in der Stimme.

Eigentlich war ich noch gar nicht richtig wach, das war ohne einen zweiten Kaffee einfach nicht drin. Dennoch war ich mir sicher, dass davon am Vortag noch nichts im Kalender gestanden, geschweige denn, dass ich eine entsprechende Mail bekommen hatte. Ich verstand sowieso nicht, warum wir nur einen Beamer besaßen, der ständig herumgereicht wurde. Für alles Mögliche wurde hier Geld ausgegeben, doch nicht für moderne Medientechnik.

„Ich kümmere mich darum“, versprach ich leise und griff direkt zum Telefon. Währenddessen checkte ich meine Mails und entdeckte, dass er etwas geschickt hatte: Heute Morgen um sechs Uhr. Na klar. Da hatte mein Wecker gerade zum ersten Mal geklingelt, bevor ich mich noch einmal umgedreht und in die weichen Kissen gekuschelt hatte. Ich war nicht die Sorte Mensch, die beim ersten Anzeichen des Weckers aus dem Bett hüpfte und gut gelaunt in den Tag startete.

Nein, mein Motor brauchte ein wenig länger zum Warmlaufen und am besten ging das mit einer Dusche und Kaffee, nachdem ich den Wecker mehrere Male in den Schlummermodus versetzt hatte.

Um meinen Chef wieder etwas milder zu stimmen, telefonierte ich mir die Finger wund, um den Beamer aufzutreiben. Sobald ich wusste, wo er sich befand, stürmte ich durch das halbe Firmengebäude, um ihn abzuholen und aufzustellen. Gott sei Dank! Ich hatte es in der vorgebenden Zeit geschafft! Das musste er nun doch einfach honorieren.

Leise keuchend ließ ich mich auf meinen Schreibtischstuhl fallen und atmete durch. Noch ehe ich meinen Erfolg an Herrn Schmidt melden konnte, streckte Angie den Kopf zur Tür herein.

„Sag mal, weißt du, wann der Chef wiederkommt? Ich brauche ein paar Unterschriften von ihm."

„Wie jetzt? Ich denke, er ist in seinem Büro?" Entgeistert starrte ich sie an.

„Nein, ist er nicht. Vor zehn Minuten hat er das Haus verlassen. Er hat nur etwas gesagt wie ‚bis später', meinte Peter."

„Der will mich wohl auf den Arm nehmen", entfuhr es mir. Sollte ich als seine Sekretärin nicht am ehesten wissen, wenn er die Firma verlässt? In seinem Kalender stand jedenfalls nach wie vor kein Termin. Warum hatte er mich erst diesen blöden Beamer suchen und aufbauen lassen? Das war doch reine Schikane! Langsam kochte ich vor Wut.

„Sag mal, was ist da eigentlich zwischen euch los?“, erkundigte Angie sich neugierig. „Seit Monaten lässt er dich bei jeder sich bietenden Gelegenheit auflaufen.“

„Ich weiß es nicht“, gab ich seufzend zurück. „Wenn ich nur wüsste, was ich ihm getan habe. So, wie er drauf ist, habe ich allerdings auch nicht den Mut, ihn darauf anzusprechen.“

„Kann ich wirklich verstehen. Er ist mal wieder unausstehlich, besonders dir gegenüber.“

„Du sagst es. Heute Morgen war ich noch nicht ganz zur Tür rein, da blaffte er mich an und ließ mich den Beamer suchen. Und nun geht er einfach, ohne mir etwas zu sagen. Es ist ja nicht so, dass ich seine Anrufe entgegennehme …“ Ratlos zuckte ich die Schultern, weil ich langsam nicht mehr wusste, woran ich war und was ich noch machen sollte, um unser altes Verhältnis wiederherzustellen. Eigentlich blieb mir wirklich nur, intensiv nach einer neuen Stelle Ausschau zu halten, denn so hielt ich es langsam nicht mehr aus. Dieser Arbeitsplatz war es einfach nicht wert, dass ich mich kaputtmachte!

„Kopf hoch. Das wird schon wieder“, versuchte Angie mich aufzumuntern, woraufhin ich ihr ein gequältes Lächeln schenkte, ehe sie mich verließ. Sie konnte ja nichts dafür, dass er sich so verhielt. Mit einem Grummeln in der Magengegend, welches nicht von Hunger herrührte, machte ich mich daran, die restlichen Akten vom Vorabend zu bearbeiten. Gott sei Dank kam ich schneller durch, als erwartet. Wenn alles gut lief, so konnte ich heute wenigstens pünktlich Feierabend machen. Es war schließlich Freitag und schon lange hatte ich mich nicht mehr so sehr auf den Feierabend und das bevorstehende Wochenende gefreut.

Bis zum frühen Nachmittag ließ sich Herr Schmidt nicht wieder blicken und war auch telefonisch nicht zu erreichen. Ich war endlich mit meiner Arbeit fertig und füllte meinen Urlaubsantrag aus, den ich gut sichtbar auf seinem Schreibtisch platzierte. Dazu legte ich eine Erklärung, dass mir aufgrund von Überstunden ebenfalls etliche freie Tage, ach was, sogar Wochen, zustanden, welche ich zu gegebener Zeit zu nehmen gedachte. Schließlich war mir die Personalabteilung heute diesbezüglich bereits auf die Füße getreten. Offenbar war ich die einzige Person hier in der Firma, die dermaßen mit Arbeit überhäuft wurde, dass sie unterging. Selbst der Betriebsrat kündigte an, hierzu ein Gespräch mit dem Chef und mir führen zu wollen, damit ich von den Stunden herunterkam. Und heute fing ich damit an. Zweimal hatte ich versucht, ihn telefonisch zu erreichen, doch beide Male wurde ich weggedrückt, sodass ich die Nase gestrichen voll hatte.

Was war das denn bitteschön für ein Verhalten? Wir waren doch nicht im Kindergarten! Schnell fuhr ich meinen Computer herunter, schlüpfte in meinen Mantel und verließ das Büro, ehe er sich doch noch melden konnte. Wochenende!

Zunächst wollte ich meinen Wagen auf dem Firmenparkplatz stehenlassen und direkt von hier einen Spaziergang starten, da endlich die graue Wolkendecke Risse bekommen hatte und die Sonne zögernd hervorblitzte. Doch dann überlegte ich es mir anders. Sollte Herr Schmidt zurückkommen und ihn noch dort stehen sehen, konnte er nur auf dumme Gedanken kommen. Also setzte ich mich ins Auto und fuhr das kurze Stück bis in die Stadt, wo ich mir einen Parkplatz suchte.

Im Café Prinz holte ich mir einen heißen Kakao to go und schlenderte schließlich die Promenade am kleinen Fluss entlang. Ich brauchte nun einfach ein wenig Zeit zum Abschalten und etwas Süßes für die Seele. Mittlerweile kämpfte sich die Sonne immer weiter hervor, sodass ihre Strahlen das Wasser zum Glitzern brachten. Das sanfte Murmeln lullte mich ein und obwohl mir viele Menschen auf meinem Weg begegneten, fühlte ich mich allein. Wieder einmal wünschte ich mir jemanden an meiner Seite, der mich einfach in die Arme nahm und nach einem bescheidenen Tag wiederaufrichtete. Doch seit …

damals konnte ich mich wohl gefühlsmäßig nicht mehr komplett auf einen Mann einlassen. Alles blieb oberflächlich bis zum letzten Jahr. Dieser Kerl hatte im Handumdrehen meine inneren Schutzmauern durchbrochen, aber was hatte es mir gebracht? Herzschmerz und bittere Tränen. Vielleicht war ich einfach nicht für Beziehungen gemacht, obwohl ich es mir noch so sehr wünschte.

Immer weiter folgte ich dem Weg entlang des Flusses und verließ schließlich die Stadt, um einen ausgedehnten Spaziergang zu unternehmen. Immerhin musste ich mir mal langsam darüber klarwerden, was ich für meine Zukunft wollte. So konnte es jedenfalls nicht weitergehen. Was für ein Job würde mich reizen?

Während ich vor mich hinschlenderte, genoss ich die wärmenden Strahlen der Sonne und spürte, wie langsam die Energie in mich zurückfloss. Nach den grauen, düsteren Tagen der vergangenen Woche, war es wie Balsam für meine Seele, auch, wenn ich bezüglich meines Dilemmas kein Stück weiterkam.

Die Sonne sank immer tiefer, sodass ich mich schleunigst auf den Rückweg machen musste, um noch vor der eigentlichen Dämmerung in unser Städtchen zurückzukehren. Jetzt schritt ich wesentlich schneller voran, da ich viel weiter gelaufen war, als ich ursprünglich geplant hatte. Schließlich befand ich mich wieder auf der Promenade, welche mittlerweile von

Laternenschein erhellt wurde. Die Zivilisation hatte mich wieder!

Mein Smartphone kündigte den Eingang einer Nachricht an. Neugierig zückte ich es und direkt erschien ein Lächeln auf meinem Gesicht.

„Lust auf spontanen Mädels Abend heute?", fragte Lexi an. Und ob ich darauf Bock hatte!

„Bin dabei! Wer ist sonst noch mit von der Partie? Wann und wo starten wir?", wollte ich wissen, während ich mich auf den Weg zu meinem Auto begab. Nur noch wenige Minuten und ich war dort. Dass mein Chef vor zwanzig Minuten versucht hatte, mich zu erreichen, ignorierte ich. Jetzt befand ich mich in meinem wohlverdienten Wochenende! Das ließ ich mir von ihm dieses Mal ganz sicher nicht vermiesen! Egal, was es war, es hatte Zeit bis Montag.

„Mona, Nadja, Ella, Lilli, ich und du! Alle haben spontan Zeit! Das wird super. Wir treffen uns um 19:30 Uhr bei mir, bestellen etwas zu essen und planen unsere Fahrt. Danach könnten wir noch in einen Klub gehen und mal wieder richtig feiern. So sieht der bisherige Plan aus." Es folgten einige passende Emojis, die mich direkt zum Lachen brachten. Verrücktes Huhn!

„Wow, das ist super! Dann bis nachher!", verabschiedete ich mich, denn ich musste erst einmal nach Hause, duschen und mich umziehen. Mit einem Mal war mein Tag gerettet und meine düsteren

Gedanken verflogen. Die Aussicht auf ein bisschen Spaß hob meine Laune wahnsinnig an.

Zu Hause angekommen, schlüpfte ich schnell aus meinem Mantel und den Schuhen, ehe ich die Musik anstellte, um mich auf den Abend einzustimmen. Da mein Auto heute stehenbleiben würde, schenkte ich mir ein Glas Rotwein ein, drehte die Dusche auf und wartete kurz, bis das Wasser warm wurde. Dann stellte ich mich unter den Massagestrahl und genoss, wie die üblichen Verspannungen praktisch fortgespült wurden.

Kurze Zeit später warf ich mir meinen flauschigen Bademantel über und schlang mir ein Handtuch um den Kopf. Als ich aus dem Bad trat, trällerte ich lautstark Adeles „Rolling in the deep“ mit, ehe ich mir einen Schluck meines Weines gönnte. Dabei warf ich einen Blick auf mein Smartphone, nur um zu sehen, dass mein Chef zum wiederholten Mal angerufen hatte. Genervt stöhnte ich auf, kniff die Augen zusammen und nahm direkt noch einen Schluck Wein.

Du rufst nicht dort an, ermahnte ich mich. *Heute Nachmittag hat er dich weggedrückt und somit seine Chance vertan, mit dir zu sprechen.* Ja, es wurde Zeit, für mich selbst einzustehen. Herr Schmidt trieb dieses Spielchen wirklich schon viel zu lange mit mir und ich hatte es auch noch mitgemacht. Entschlossen stellte ich das Telefon auf stumm und ging ins Schlafzimmer hinüber. Mir blieb nicht mehr viel Zeit, um mich anzuziehen, mir die Haare zu stylen und ein wenig Make-up aufzutragen.

Ich war eher der kurze Röcke- oder Hosentyp. Kleider trug ich nur zu besonderen Anlässen, sodass ich für heute eine enge schwarze Jeans und ein rotes Top auswählte, welches einen V-Ausschnitt besaß, der mein Dekolleté vorteilhaft betonte. Heute war es mir egal, dass sich mein blondes Haar in wilden Locken bis über meine Schultern kringelte, weswegen ich sie nur kurz mit dem Fön trocknete, statt sie mühsam in Form zu bringen. Es passte gut zu meiner Stimmung. Ich betonte meine Augen und trug roten Lippenstift auf, dann war ich mit meinem Spiegelbild zufrieden.

In meinem Glas befand sich noch ein Rest des Weines, sodass ich es erst leerte, um es danach in die Spüle zu stellen. Ich rief mir ein Taxi, was ich leider zuvor vergessen hatte und hatte Glück, dass es schon fünfzehn Minuten später bei mir eintraf. Der Fahrer, welcher mich im Rückspiegel immer wieder unverhohlen anstarrte, schaffte den Weg in weniger als zehn Minuten, trotz des regen Verkehrs. Er konnte wirklich froh darüber sein, dass ich einen außerordentlich stabilen Magen besaß. Himmel, ich war kurz davor, ihn zu bitten, etwas langsamer zu fahren, denn ich wollte in einem Stück ankommen. Wenn er wirklich meinte, mir mit seinen teils riskanten Fahrmanövern imponieren zu können, so hatte er sich geschnitten. Ich war froh, als er endlich vor Lexis Wohngebäude anhielt.

So schnell wie möglich bezahlte ich die Fahrt und stieg mit wackligen Knien aus. Kaum hatte ich die Tür geschlossen, fuhr er bereits mit quietschenden Reifen an. Er war wirklich der Inbegriff des Klischees Taxifahrer. Gott sei Dank waren die meisten nicht so. Kopfschüttelnd machte ich mich auf den Weg zur Haustür, nachdem ich mich vergewissert hatte, dass meine Beine mich noch trugen.

Da ich spät dran war, traf ich natürlich als letzte ein. „Wow Lexi, so ungemütlich hatte ich deine Wohnung gar nicht in Erinnerung!“, rief ich aus, als ich diese betrat. Und wirklich, alles, was die vorherige Gemütlichkeit ausgemacht hatte, war bereits verschwunden. Stattdessen stapelten sich Kisten vor den kahlen Wänden. Wenigstens waren noch die Möbel vorhanden.

„Ich weiß“, erwiderte meine Freundin unglücklich. „Ein Teil der Sachen ist nun schon bei Timo. Der Rest folgt kurzentschlossen morgen. Dies ist praktisch mein Abschiedsabend in meiner eigenen Wohnung. Ich werde sie echt vermissen“, fügte sie seufzend hinzu.

„Ich auch“, stimmte ich ihr leise zu und schloss sie in eine Umarmung. „Dann fängt ein neuer Lebensabschnitt für dich an. Also gehst du mit einem lachenden und einem weinenden Auge, wie man so schön sagt. Du willst heute Abend wirklich ausgehen, obwohl dich morgen der Umzug erwartet?", erkundigte ich mich.

„Ja, das will ich!" Lexi klang beinahe trotzig, sodass wir in lautes Lachen ausbrachen. Neugierig lugten die anderen Mädels durch die Wohnzimmertür.

„Was ist denn hier so lustig?", wollten sie wissen.

„Hey Mona, Lilli, Ella und Nadja!", begrüßte ich die vier freudig, denn ich hatte sie schon länger nicht mehr persönlich gesehen. Seit sie Familie hatten, sahen wir uns leider seltener, so, wie es der Lauf der Dinge war.

„Rika! Da bist du ja endlich! Worüber lacht ihr denn so herzlich? Wir möchten mitlachen!" Nadja ließ nicht locker.

„Über Lexis Tonfall, als sie mir erklärte, dass sie auf jeden Fall heute ausgehen will, obwohl sie morgen umzieht", erklärte ich lachend.

„Wozu habe ich starke Männer, die mir helfen?", fragte Lexi schulterzuckend. „Ich muss nur delegieren." Lächelnd zwinkerte sie uns zu, während wir alle in Lachen ausbrachen. Mit dieser Heiterkeit verdrängten meine Mädels den letzten Rest meiner düsteren Stimmung, was mir sehr gelegen kam, denn heute wollte ich mich amüsieren.

Da die Couch und der dazugehörige Tisch noch aufgebaut waren, saßen wir wenigstens bequem beim Essen und Vorglühen. Ansonsten wären uns nur die

Umzugskartons geblieben, was allerdings seinen eigenen Charme gehabt hätte. Mir fiel auf, dass Lexi uns gar nicht gefragt hatte, ob wir beim Umzug helfen würden. Als ich sie danach fragte, winkte sie ab.

„Ihr habt mir zwischendurch immer wieder dabei geholfen, meinen Krimkrams einzupacken, da habe ich Timo die Umzugshelfer organisieren lassen. Die Feinarbeiten sind schließlich erledigt, nun kommen die Männer fürs Grobe", meinte sie lachend.

Darauf stießen wir an und schon bald planten wir einen Ausflug, von dem Lexi uns nicht allzu viel verriet. Wir wussten lediglich etwas vom Strietzelmarktbesuch in Dresden. Alles andere hielt sie vor uns geheim. Meine beste Freundin verriet uns nicht, in welchem Hotel wir wohnten, noch was sie außer dem Weihnachtsmarktbesuch geplant hatte.

„Tja, wenn du wüsstest, ob du Urlaub bekommst, könnten wir direkt buchen", seufzte Nadja.

„Wisst ihr was? Wir buchen einfach für Anfang Dezember und fertig. Ich habe keine Lust mehr, mich von dem Schmidt so behandeln zu lassen. Der Urlaub steht mir zu, ich habe ihn eingereicht und im Moment läuft alles in ruhigen Bahnen, sodass er mich kaum vermissen wird, wenn ich nicht da bin", erklärte ich, denn ich wollte und brauchte dieses Wochenende unbedingt, auch wenn das bedeutete, mich mit dem Chef anzulegen.

Kapitel 4

Adrian

Seufzend streckte ich meine müden Knochen, denn es wurde Zeit, Feierabend zu machen. Also schaltete ich den Computer aus und räumte meinen Schreibtisch auf. Immerhin war nun Wochenende. Als jemand an den Rahmen meiner geöffneten Tür klopfte, sah ich auf. Mein Partner Timo stand grinsend dort, die Hände in den Hosentaschen vergraben.

„Hey, komm doch rein", forderte ich ihn auf. „Ich wollte gerade Feierabend machen."

„Das sehe ich. Geht mir auch so. Für diese Woche reicht es." Timo machte es sich auf einem der Stühle vor meinem Schreibtisch gemütlich. „Denkst du daran, dass morgen deine Muskelkraft bei Lexis Umzug gefragt ist?"

„Natürlich! Wie kommst du darauf, dass ich so etwas vergessen würde?“ Verwundert starrte ich ihn an.

„Weil du im Moment nicht du selbst bist? Ich beobachte das schon seit ein paar Tagen“, erklärte er mir ernst. „Du hast in letzter Zeit viel gearbeitet und dein Vater setzt dich mit seinen arrangierten Dates unter Druck. Das kann den stärksten Mann umhauen.“

Für einen Moment dachte ich darüber nach, was er gesagt hatte und fühlte in mein Inneres. Unglücklicherweise hatte er recht. Derzeit spürte ich, dass es mir an allen Ecken und Kanten zuviel wurde, auch wenn ich versuchte, es mir nicht anmerken zu lassen. Doch Timo kannte mich einfach zu gut, was einerseits ein Vor-, anderseits aber auch ein Nachteil sein konnte. In diesem Fall sprach er einfach nur laut aus, was ich im Geheimen schon länger mit mir herumschleppte. Aber ich hatte ihn nicht damit belasten wollen, schließlich stand gerade ein großer Schritt im Leben eines Mannes an: Das Zusammenziehen mit einer Frau.

„Du hast recht“, gab ich zu, denn leugnen hatte sowieso keinen Zweck. „Vielleicht sollte ich mal ernsthaft in Erwägung ziehen, eine kleine Auszeit zu nehmen.“

„Solltest du“, stimmte er mir sofort zu.

„Du kannst mich wohl nicht schnell genug loswerden, was?“, scherzte ich.

„Überleg es dir einfach und sag mir Bescheid. Im Augenblick liegen keine brandeiligen Projekte an, sodass du ohne weiteres eine oder zwei Wochen, wenn nicht sogar drei raus könntest."

„Ist gut. Also, wie spät soll ich morgen bei euch sein?", erkundigte ich mich, um das Thema zu wechseln. Im Grunde hatte Timo recht. Während er sich immer mal wieder Urlaube gegönnt hatte, hatte ich gemeint, so etwas nicht zu benötigen. Weit gefehlt. Nun bekam ich wohl die Quittung dafür.

„Komm am besten um acht Uhr direkt zu Lexis Wohnung. Schließlich müssen dort die Möbel und Kartons eingeladen werden, ehe sie hinterher irgendwo in meinem Haus einen Platz finden." Nun wirkte er ernsthaft besorgt.

„Machst du dir Gedanken darüber, wo deine Freundin ihren Kram unterbringen soll?", zog ich ihn auf.

„Das kannst du laut sagen! Sie besitzt einfach Unmengen an Dekozeug und es wird eine riesige Umstellung sein, dass in meinem Männerhaushalt plötzlich eine weibliche Hand regiert und ihre Spuren hinterlässt." Aufgewühlt fuhr er sich durchs Haar.

„Selbst schuld, immerhin hast du sie gefragt", erwiderte ich lachend, doch irgendwie versetzte es mir einen Stich, dass er sich über solche Lappalien Gedanken machte. Jeder, einschließlich mir, konnte sehen, wie sehr die beiden sich liebten. In diesem Fall hätte ich vielleicht gesagt, dass das Schicksal sich hier betätigt hatte, denn die beiden waren sich nur durch Zufall wieder begegnet. Timo und sein Schneewittchen. Manchmal erwischte ich mich bei dem Wunsch, dass mir ebenfalls meine Seelenverwandte über den Weg laufen möge, doch, wenn ich an die gescheiterte Ehe meiner Eltern dachte, verbot ich mir jeden Gedanken daran. Meine Mutter war vor meinem Vater geflüchtet und hatte mich bei ihm zurückgelassen, bei einem gefühlskalten Klotz, der mich nun in eine arrangierte Beziehung drängen wollte. Seit vielen Jahren hatte ich sie nicht mehr gesehen und mittlerweile kam es nur noch selten vor, dass sie mir fehlte.

„Na komm, lass uns etwas trinken gehen. Ich gebe einen aus", fuhr ich fort, stand auf und schnappte mir meine Sachen.

„Das hört sich gut an. Ich bin dabei, aber nicht allzu lange. Morgen wird ein stressiger Tag", erwiderte Timo, während er sich ebenfalls erhob.

Mir stand der Sinn nicht nach lauter Musik, sodass ich eine kleine Kneipe aussuchte, die ich durch Zufall vor kurzem entdeckt hatte, als ich durch die Straßen gelaufen war, um meinen Kopf freizubekommen.

Als Timo sah, wohin ich ihn führte, lachte er. Irritiert starrte ich ihn an. „Warum lachst du? Hast du gedacht, dass wir in einen Klub gehen?"

„Nein, das nicht. Aber du hast zielstrebig die Lieblingskneipe von Lexis Mädelsclique ausgesucht“, erwiderte er nach wie vor grinsend.

„Ach so. Sollen wir lieber woanders hingehen?“

„Nein, warum denn? Sie wollte zwar etwas mit ihren Mädels unternehmen, doch ich schätze nicht, dass sie sich dafür das ‚Eck‘ ausgesucht haben. Und wenn doch, ist es eben so.“

Für einen kurzen Moment überlegte ich, ob wir nicht doch ein anderes Lokal aufsuchen sollten, aber dann zuckte ich lediglich die Schultern. Schwungvoll öffnete ich die Tür. Es war noch recht früh am Abend, sodass die Anzahl der Gäste überschaubar war. Schnell überflog ich die Gesichter und war irgendwie erleichtert, kein bekanntes darunter zu entdecken.

Wir nahmen einen kleinen Tisch in der Nähe der Theke in Beschlag. Kaum hatten wir Platz genommen, da stand auch schon eine Bedienung vor uns, die uns begrüßte und unsere Bestellung aufnahm. Timo musterte mich mit hochgezogener Augenbraue, nachdem sie wieder gegangen war.

„Was?“, fragte ich verwundert.

„Du musst wirklich krank sein“, gab er nachdenklich zurück.

„Wie kommst du darauf?“, wollte ich wissen. Vielleicht nicht gerade krank, aber ausgebrannt oder zumindest nahe daran.

„Die Kellnerin ist wirklich süß, genau dein Typ und hat versucht mit dir zu flirten. Du hast es nicht einmal bemerkt", erklärte er.

Daraufhin sah ich mich neugierig um und erkannte, dass ich nicht einmal registriert hatte, welche von den dreien, die geschäftig herumschwirrten, uns bedient hatte.

„Noch vor wenigen Wochen wärst du direkt darauf eingestiegen und hättest geschaut, was da für dich geht. Ich schlage vor, dass du in der nächsten Woche deine dringendsten Dinge im Büro erledigst und dir eine längere Auszeit gönnst. Keiner von uns hat etwas davon, wenn du zusammenklappst", meinte er eindringlich.

Unsere Drinks kamen, ich schaute zur Bedienung und zwang ein Lächeln auf mein Gesicht, als ich mich bedankte. Timo hatte recht: Sie war süß. Dennoch sprach sie mich nicht im Geringsten an.

Ich öffnete den Mund, um etwas auf seinen Vorschlag zu erwidern und schloss ihn direkt wieder, ohne etwas herauszubringen.

„Die Tatsache, dass du nicht direkt ablehnst, zeigt doch schon, dass du Urlaub gebrauchen kannst und es auch selbst einsiehst."

„Du hast recht. Nach diesem Drink verabschiede ich mich, denn ich muss telefonieren. Mir schwebt da schon etwas vor." Und tatsächlich nahm ein Gedanke in meinem Kopf Gestalt an und je mehr ich darüber nachdachte, desto mehr gefiel er mir.

„Kein Problem. Klingt gut, dass du schon Pläne schmiedest.“ Timo hob sein Glas und prostete mir zu. „Auf verdiente Auszeiten.“

„Und auf neue Herausforderungen“, fügte ich grinsend hinzu und spielte damit auf den morgigen Umzug an.

Daraufhin ließen wir lachend unsere Gläser klingen, ehe wir unser Gespräch fortsetzten und uns bereits kurze Zeit später wieder auf den Weg zu unseren Autos machten. Es war nur ein kurzer Besuch im ‚Eck‘ gewesen, doch mir brannte das zu führende Telefonat unter den Nägeln. Es gab nämlich noch eine andere Person, die mit meinem Vater nicht klarkam und die ich in letzter Zeit verdrängt hatte: meinen Onkel Kai.

Kaum saß ich im Auto, griff ich zum Telefon und wählte seine Nummer. „Onkel Kai? Hier ist Adrian“, begrüßte ich ihn, sobald er sich gemeldet hatte.

„Adrian! Was für eine Überraschung! Verkneif dir doch bitte den Onkel, der macht mich alt. Habe ich dir das noch nicht oft genug gesagt?“, fragte er lachend.

„Okay, dann also Kai“, stimmte ich zu. Seine fröhliche Stimme zu hören, heiterte mich direkt auf, sodass ich mir sicher war, dass mein Entschluss richtig war. „Sag mal, hast du ab nächstem Sonntag ein kleines Zimmer für mich frei? Es muss nichts Besonderes sein.

Ich brauche einfach mal ein wenig Abstand", fügte ich erklärend hinzu.

„Dein Vater, was?", erkundigte er sich mitfühlend.

„Unter anderem", gab ich seufzend zurück.

„Lass mich mal eben in den Planer gucken, ob da etwas möglich ist." Ich hörte das Klicken, als er auf einer Tastatur herumtippte. Währenddessen schlug mein Herz vor Aufregung höher, weil ich wirklich hoffte, dorthin fahren zu können. „Adrian? Du hast Glück. In der übernächsten Woche habe ich ein kleines Zimmer für dich. Danach könntest du in ein anderes umziehen, wenn du so lange bleibst."

„Kein Problem. Bitte reserviere für mich."

„Schon geschehen. Wie geht es dir sonst so?", wollte Kai direkt wissen.

„Mein Vater nervt, ich habe ewig keinen Urlaub mehr gehabt und eine passende Freundin ist auch nicht in Sicht", fasste ich meine Situation kurz zusammen, woraufhin er auflachte.

„Das klingt tatsächlich so, als könntest du eine Auszeit gebrauchen. Bei uns kommst du bestimmt zur Ruhe."

„Ich weiß gar nicht, ob ich das kann", erwiderte ich leise. „Ob ich einfach nur Nichtstun kann?"

„Mach dir nicht so viele Gedanken darüber und lass es einfach auf dich zukommen", riet mir mein Onkel. „Alles andere wird sich schon finden. Und wenn du es gar nicht aushältst, ist jede helfende Hand willkommen. Immerhin findet bald unser Weihnachtsmarkt statt."

Wir plauderten noch kurz über ein paar belanglose Themen, ehe ich mich verabschiedete und mit einem erleichterten Seufzer den Motor startete.

Kapitel 5

Rika

Nachdem wir in der kahlen Wohnung von Lexi den Abschied gefeiert und entsprechend vorgeglüht hatten, machten wir uns auf den Weg in den Klub ‚Blue Vision'. Er lag ein wenig außerhalb am Rande des Industriegebietes, sodass wir uns ein Großraumtaxi gönnten, statt den Weg zu Fuß zurückzulegen. Es war empfindlich kühl geworden und ich meinte, dass der erste Schnee in der Luft lag. Ich konnte ihn förmlich riechen, obwohl es dazu eigentlich noch zu früh im Jahr war. Gerade bei uns im Münsterland gab es häufig gar keinen Schnee und bereits im letzten Jahr waren wir mit weißer Weihnacht verwöhnt worden.

Gott sei Dank erwischten wir dieses Mal einen Taxifahrer, der nicht zu den verkappten Rennfahrern gehörte und sich nicht daran störte, einen Haufen gackernder Hühner zu kutschieren. So ein Glück hatten wir nicht immer. Einmal durften wir sogar den Rest des Weges laufen, da wir einem Fahrer zu viel geworden waren. Doch das lag schon eine Zeit zurück, denn seit zwei Jahren waren wir ruhiger geworden. Alle bis auf Lexi und mich. Da wir keine eigene Familie vorweisen konnten, war es für uns einfacher, abends oder am Wochenende um die Häuser zu ziehen. Aber nun war ich die einzige, die noch ungebunden war.

Schon von weitem erkannten wir die blauen Scheinwerfer, die über den Himmel huschten und die Vorfreude auf ein wenig Spaß stieg in mir empor. Nach dieser bescheidenen Arbeitswoche hatte ich es mir wirklich verdient.

Kurze Zeit später reihten wir uns in die kurze Warteschlange vor der Tür ein. Bibbernd trat ich von einem Bein aufs andere, denn der Wind pfiff scharf über die angrenzenden Felder. „Die sollten an solchen Abenden einen Glühweinstand für die Wartenden aufstellen“, merkte ich an und rieb meine kalten Hände aneinander. „Ich glaube, ich werde nie mehr warm.“

„Wir hätten Handschuhe anziehen sollen“, stimmte Lexi mir zu. „Und ein Glühweinstand wäre bestimmt der Renner hier draußen in der kalten Jahreszeit.“

„Wir sollten es als Verbesserungsvorschlag angeben“, meinte Lilli. Wenn mich nicht alles täuschte, so fehlte bei unserer Elfe nicht mehr viel, bis sie mit den Zähnen klapperte. Sie war nur einen knappen Meter sechzig groß, so gertenschlank, dass ihr niemand ein Kind zutraute und neben ihrem roten Haar besaß sie das, was ich mir als Alabasterhaut aus diversen Romanen vorstellte, die ich gelesen hatte.

„Sehr gute Idee“, lobte Nadja, als wir endlich ein Stückchen vorrückten. „So lang ist die Schlange doch gar nicht. Warum geht es denn nicht voran?“

Lexi und ich reckten die Hälse, um an der Warteschlange vorbeischauen zu können, da wir die Größten aus unserer Truppe waren. Hinter uns machte sich ebenfalls Unruhe breit, weil es nicht weiterging. Es konnte doch nicht so voll sein, dass wir nicht mehr reinkamen.

„Es scheint so, als würden vorn ein paar Leute heftig mit den Türstehern diskutieren“, gab ich meine Sicht der Dinge weiter. „Oh je, hoffentlich wird es dabei nicht handgreiflich.“ Besorgt sah ich weiter nach vorn, wo sich die beiden Türsteher gerade bedrohlich vor den vier jungen Männern aufbauten, die Einlass begehrten, anscheinend aber schon zu angetrunken waren, um hinein zu kommen.

„Scheiße. Das kann noch dauern“, meinte Lexi besorgt. Nun schubste einer Männer den rechtsstehenden Türsteher und dann ging es ganz schnell. Dieser setzte sich zur Wehr und drehte dem

Angreifer blitzschnell den Arm auf den Rücken, während aus dem Inneren des Klubs zwei weitere Securitymitarbeiter zur Hilfe eilten. Gebannt beobachteten wir die Show und vergaßen vorübergehend die Kälte. Binnen kurzer Zeit fuhren auch noch zwei Streifenwagen vor, die die Unruhestifter einkassierten. Erst dann kehrte wieder Ruhe ein und es dauerte nur noch wenige Minuten bis wir endlich ins Warme vordringen konnten.

„Was für ein Drama“, meinte Nadja kopfschüttelnd. „Es weiß doch jeder, dass man völlig betrunken nicht hier reinkommt und schon gar nicht, wenn man Ärger provoziert.“

Wir gaben unsere Jacken an der Garderobe ab und stürzten uns ins Innere. Der Klub war noch nicht allzu gut besucht, sodass wir uns schnell einen Tisch suchten, den wir für den Abend für uns beanspruchten. Lexi und ich begaben uns zur Theke, um die erste Getränkerunde zu besorgen. Die Bässe der Musik trafen mich bis ins Mark und sofort bewegte ich mich ein wenig zum Takt. Mir war nach feiern und tanzen!

Innerhalb weniger Minuten erhielten wir die Drinks und kehrten an den Tisch zurück, wo wir die Getränke verteilten und auf den gelungenen Abend anstießen. Eine Unterhaltung war nur mit demjenigen möglich, der einem am nächsten saß, sodass wir bald darauf verzichteten uns anzuschreien und stattdessen die

Tanzfläche eroberten. Ich gab mich ganz der Musik hin und bald bemerkte ich, wie mich der erste Kerl antanzte. Genervt schaute ich über die Schulter und schenkte dem Typen, der mich mit einem schmierigen Grinsen betrachtete, einen eisigen Blick, der ihm sagen sollte, dass ich kein Interesse hätte. Doch der ließ sich nicht beirren und drängte sich näher an mich. Nun war ich geradezu angewidert, denn er schwitzte fürchterlich und roch, als hätte er dringend mal wieder eine Dusche nötig. Ehe ich allerdings deutlicher werden konnte, tauchte ein weiterer Kerl hinter ihm auf und zerrte ihn von mir weg. Glück gehabt!

Kurze Zeit später war der andere Typ dann wieder da und ich bedankte mich bei ihm. Er wurde zwar nicht so aufdringlich wie sein Kumpel dennoch war ihm anzumerken, dass er lediglich eine Eroberung für die Nacht suchte. Sorry! Nicht mit mir. Ich war nicht hier, um mir einen Kerl aufzureißen, sondern wollte mich mit meinen Mädels amüsieren, sodass ich mich direkt verabschiedete, um an unseren Tisch zurückzukehren.

Aufseufzend ließ ich mich auf den Stuhl neben Lexi fallen und griff nach dem Drink, den sie mir hinüberschob. Bei uns war es ungeschriebenes Gesetz, dass nie alle gemeinsam den Tisch verließen, sodass immer jemand da war, der die Getränke im Auge behielt. Keine von uns legte es darauf an, mit K.O. Tropfen oder dergleichen lahmgelegt zu werden.

„Wow, hast du schon zwei Typen den Kopf verdreht?“, neckte Lexi mich.

„Ach, hör auf. Ich habe kein Interesse an einem weiteren One-Night-Stand. Das reicht mir einfach nicht mehr“, gab ich zu und nippte an meinem Cocktail. „Ich will das, was ihr alle habt: Einen Mann, der mich liebt und der mit meinen Macken leben kann. Der mich hin und wieder auf Händen trägt, mich wieder auf den Boden zurückholt, wenn ich mal abhebe und der irgendwie seelenverwandt ist.“

Sie musterte mich überrascht aufgrund meines Geständnisses. Soweit ich wusste, hatte ich meine Wünsche noch nie so in Worte gefasst. „Mir fehlt einfach eine starke Schulter zum Anlehnen, jemand, der zu Hause auf mich wartet oder auf den ich warten kann.“

Der Alkohol löste meine Zunge, weshalb ich noch einen draufgelegt hatte. Daraufhin überbrückte Lexi die kurze Distanz zwischen uns, um mich in ihre Arme zu schließen. „Irgendwo wird es diesen Mann für dich geben“, raunte sie mir ins Ohr. „Wenn du gar nicht damit rechnest … Du wirst schon sehen.“ Dass ich im letzten Jahr glaubte, diesen Einen für mich gefunden zu haben, hatte ich ihr immer noch nicht erzählt. Und auch jetzt hielt ich mich gerade noch zurück, denn dieser Abend sollte uns Spaß machen und nicht in einer melancholischen Stimmung enden.

„Ich lass mich gern überraschen“, gab ich leise zurück. Nadja schickte uns einen fragenden Blick. Offenbar hatte sie erkannt, dass wir gerade ein ernstes Thema diskutierten. Schnell zauberte ich ein Lächeln auf mein Gesicht und schüttelte sachte den Kopf, woraufhin sie ebenfalls lächelte und die Schultern zuckte. Alle wussten und akzeptierten, dass Lexi und ich Best Friends waren und nichts und niemand dazwischenkam. Es gab in unserer Clique gleich drei solcher Paare, sodass sich niemand ausgeschlossen fühlen musste.

In den frühen Morgenstunden kehrte ich nach Hause zurück, heute zu müde, um mir Gedanken darüber zu machen, dass keiner auf mich wartete und das Bett vorgewärmt hatte. Nachdem ich im Bad gewesen war, zog ich mich um und schlüpfte in meinen warmen Pyjama mit den Teddybären drauf. Dann kroch ich unter die Decke und befand mich bald darauf im Land der Träume.

Kapitel 6

Adrian

Beschwingt fuhr ich am nächsten Morgen zu Lexis Wohnung, um beim Umzug zu helfen. Es tat gut, konkrete Pläne für meine Auszeit gemacht zu haben. Passend zu meiner Laune begrüßte mich strahlender Sonnenschein, als ich aus dem Auto stieg. Vor dem Haus parkte einer unserer Firmen-LKW's, was mir eigentlich hätte klar sein müssen, denn ich hätte ebenfalls auf vorhandene Ressourcen zurückgegriffen.

Da die Haustür offenstand, ging ich direkt hinein, nur um im Flur auf Lexi zu treffen, die gerade herzhaft gähnte, was ich sogar noch hinter ihrer vorgehaltenen Hand erkennen konnte. Dazu kamen die leichten Schatten unter ihren Augen, sodass ich eins und eins zusammenzählte. Grinsend blieb ich stehen. „Na, kurze

Nacht gehabt?", erkundigte ich mich sogleich mitfühlend.

„Ja, irgendwie schon. Aber ich bin selbst schuld. Wir haben den Abschied von meiner Wohnung gefeiert und sind dann im ‚Blue' versackt", gab sie mir bereitwillig Auskunft.

„War es wenigstens gut?", wollte ich wissen, während ich sie in ihre Wohnung begleitete, wo Timo bereits dabei war, Möbel auseinanderzunehmen.

„Bis auf kleine Handgreiflichkeiten vor der Tür hat es sich gelohnt."

„Was ist denn passiert?"

Daraufhin erzählte Lexi von ihrem Abend bis Timo sie unterbrach. „Schatz, können wir vielleicht erst mit der Arbeit fertigwerden? Danach kannst du Adrian gern alles von gestern Abend erzählen." Sie schnitt eine Grimasse.

„Ich bin schon fertig, schließlich will ich euch nicht von der Arbeit abhalten." Sie rieb sich verstohlen die Schläfen.

„Kopfschmerztablette und viel Wasser können helfen", raunte ich ihr mit einem Zwinkern zu, ehe ich mich zu Timo gesellte, um ihm zur Hand zu gehen.

Eine Weile arbeiteten wir schweigend, bis weitere vier Helfer eintrafen, die alles nach Anweisung auf den LKW packten. Innerhalb von zwei Stunden waren alle Kisten und Möbel aus der Wohnung verschwunden und sicher im LKW verstaut. Ein letztes Mal ging Lexi durch ihr ehemaliges Zuhause und wenn mich nicht alles täuschte, so fiel ihr der Abschied schwer. Als ich Tränen in ihren Augen erkannte, zog ich mich diskret zurück, um es Timo zu überlassen, seine Freundin zu trösten. Währenddessen kehrte ich zu meinem Auto zurück, breitete eine Decke über dem Fahrersitz aus und stieg ein, um schon einmal zu Timos Haus zu fahren. Die anderen waren bereits weg und Timo würde mit Lexi im LKW folgen.

Wieder einmal genoss ich den Sound meines Autos, als ich den Motor startete, um loszufahren. Es war nicht weit bis zu Timos Haus, sodass ich nur wenige Minuten benötigte, um dorthin zu gelangen. Nun hieß es warten. Deshalb lehnte ich mich zurück und lauschte der Musik, die ich nun ein wenig aufdrehte. Mein Vater hatte vorhin versucht mich zu erreichen, wie ein Blick auf mein Smartphone mir offenbarte. Wahrscheinlich wollte er mal wieder einen Termin für ein Abendessen durchgeben, doch in dieser Woche ebenso wie in den folgenden würde ich keine Zeit dafür haben. Dem Himmel sei Dank! Dieser Gedanke zauberte mir wieder ein Lächeln aufs Gesicht. Nun würde ich erst einmal meine Umzugshilfe beenden und ihm dann mitteilen, was Sache war.

Kurz darauf traf der LKW ein. Während Timo die Haustür aufschloss, erklärte Lexi uns bereits wohin welcher Karton gebracht werden sollte. Bei den Möbeln war es schon schwieriger. Doch auch dafür hatten die beiden ein Konzept entwickelt, sodass wir am Abend mit allem Drum und Dran fertig waren.

Aufseufzend ließ ich mich schließlich, ebenso wie die anderen, in einen der Sessel fallen, streckte die Beine aus und lehnte mich zurück. Timo gesellte sich zu mir und reichte mir eine Flasche Bier, welche ich dankbar annahm. Hinter ihm trat Lexi in den Raum, um auch an die anderen Helfer Getränke zu verteilen. Dann setzte sie sich auf Timos Schoß.

„Vielen lieben Dank, dass ihr heute so toll mitgeholfen habt. Ohne euch hätte es wesentlich länger gedauert. Wenn ihr möchtet, können wir noch Pizza für uns alle bestellen." Fragend sah sie in die Runde. Während die anderen zu ihren Familien zurückkehren wollten, wartete zu Hause niemand auf mich, sodass ich gern noch mit den beiden aß.

Während Lexi die Pizzen bestellte und danach duschen ging, teilte ich Timo meine Pläne mit. „Ich nehme dein Angebot mit der Auszeit an. Gestern Abend habe ich mit meinem Onkel Kai telefoniert und ein Zimmer gebucht."

„Das ist super!", freute sich Timo für mich. „Wann geht es denn los?"

„Am nächsten Sonntag. Dann gibt es erst einmal keine merkwürdigen Abendessen mit meinem Vater in nächsten Wochen und keinen Stress mehr. Dein Vorschlag kam zur rechten Zeit."

„Die Erleichterung ist dir auch deutlich anzusehen. Für dich scheint es auf jeden Fall die richtige Entscheidung zu sein. Weißt du schon, wie lange du wegbleiben willst?", erkundigte er sich.

„Nein. Zwei Wochen wären toll, vielleicht auch drei. Ich würde das gern spontan entscheiden. Keine Ahnung, wie lange ich das Nichtstun aushalte. Ich werde auf jeden Fall telefonisch im Notfall erreichbar sein. Und wenn es darauf ankommt, kann ich auch online arbeiten", schlug ich vor.

„Nur im allergrößten Notfall, den ich aber nicht annehme", erwiderte Timo ernst. „Es ist wichtig, dass du mal abschalten kannst. Ich verzichte gern bis zum Jahresende auf dich, wenn das bedeutet, dass du im Jahr wieder gemeinsam mit mir für die neuen Projekte durchstarten kannst."

Mir fiel die Kinnlade runter. „Was? So lange?"

„Guck mich nicht so entgeistert an", entgegnete Timo lachend. „Du musst ja nicht so lange fortbleiben. Es ist nur eine Option."

„Es sind doch noch Wochen bis zum Jahresende. So lange halte ich es bestimmt nicht aus", protestierte ich. Was sollte ich denn mit der ganzen Zeit anfangen?

„Mann, du musst ja nicht, wenn du nicht willst." Timo verdrehte genervt die Augen. „Behalte es nur im

Hinterkopf und fertig. Nun lass uns noch ein Bier trinken und die Pizza essen, die gleich geliefert wird."

„Okay", stimmte ich zu und hing meinen Gedanken nach. Ich spürte, dass Timos Blick auf mir ruhte, doch er äußerte sich nicht weiter. Das gefiel mir so an ihm: Mit Timo konnte ich hervorragend schweigen. Das Jahresende schien mir noch unendlich weit weg und allein der Gedanke, dass ich so lange nicht arbeiten würde, jagte mir Angst ein. Das konnte ich mir beim besten Willen nicht einmal vorstellen.

Als es klingelte, tauchte auch Lexi wieder auf und wir ließen den Abend gemütlich bei Pizza und Bier ausklingen. Sie erzählte noch einmal, was sich am Vortag im ‚Blue' abgespielt hatte und schon bald befanden wir uns inmitten einer regen Diskussion. Timo war nicht sehr erbaut darüber, dass er nicht dort gewesen war, um seine Freundin zu schützen, die sich meiner Meinung nach nicht in direkter Gefahr befunden hatte. Auch Lexi sah es so und bestand darauf, auch weiterhin hin und wieder allein um die Häuser ziehen zu können.

Schließlich verabschiedete ich mich, damit es nicht zu spät wurde und alle noch etwas vom Abend hatten.

Kapitel 7

Rika

Mein Chef hielt sich am Montagmorgen nicht damit auf, mich zu grüßen, sondern ereiferte sich direkt darüber, dass ich das Telefon am gesamten Wochenende ignoriert hatte. So langsam riss mir der Geduldsfaden und ich musste wirklich aufpassen, was ich sagte. Nachdem ich mehrmals tief durchgeatmet hatte, war ich bereit, auf Konfrontation zu gehen.

„Sie wissen, was das Wochenende bedeutet? Das ist meine arbeitsfreie Zeit, die ich nutzen kann, wie ich will. Ich muss nicht vierundzwanzig Stunden am Tag für Sie erreichbar sein. Sie haben mich Freitagnachmittag ignoriert und infolgedessen bin ich irgendwann nach Hause gegangen. Immerhin habe ich sehr viele Überstunden und auch noch Resturlaub für dieses Jahr. Der Urlaubsschein liegt auf Ihrem Schreibtisch. Da ich bereits gebucht habe, sollten Sie unterschreiben und ansonsten ist auch der Betriebsrat schon darauf aufmerksam geworden."

Mich wunderte, dass Herr Schmid mich überhaupt ausreden ließ. Sein Gesicht hatte eine ungesunde rote Farbe angenommen und er schnappte nach Luft.

„Also, das ist doch …", japste er schließlich.

„… längst überfällig gewesen. Ich verstehe nicht, was ich Ihnen getan habe, dass Sie meinen, mich dermaßen schlecht behandeln zu müssen. Immerhin leiste ich hier seit Jahren gute Arbeit, habe mich nie beschwert, wenn es um Überstunden ging und habe mir auch sonst einiges gefallen lassen. Damit ist nun Schluss!" Nun hatte ich mich in Rage geredet. „Bis zu meinem Urlaub leiste ich nur noch Dienst nach Vorschrift", verkündete ich schließlich.

„Das ist eine bodenlose Frechheit", schnauzte Herr Schmid, nachdem er sich von seiner Überraschung erholt hatte.

„Wir können gern den Betriebsrat dazu holen", bot ich ihm kühn an. Dass mein Herz vor Angst raste, sah er hoffentlich nicht. Ich suchte zwar nach einem neuen Job, wollte aber meinen jetzigen nicht verlieren, ehe ich etwas Neues in Aussicht hatte.

„Darüber ist das letzte Wort noch nicht gesprochen", zischte mein Chef, drehte sich um und knallte die Tür hinter sich zu, als er in seinem Büro angekommen war. Der Knall hallte durchs obere Stockwerk, sodass ich zusammenzuckte.

Erleichtert stieß ich die Luft aus, die ich offenbar angehalten hatte und ließ mich auf meinen Schreibtischstuhl sinken. Angie streckte den Kopf zur Tür hinein.

„Ist bei dir alles in Ordnung?“, erkundigte sie sich besorgt. „Du bist ziemlich blass.“

„Es geht schon. Ich habe dem Chef gerade nur die Meinung gegeigt“, teilte ich ihr mit. Nun erfüllte mich ein gewisser Stolz darüber, dass ich nicht gekuscht und alles hingenommen hatte.

„Gratuliere! Es war nicht zu überhören, dass ihr nicht einer Meinung gewesen seid“, bestätigte Angie grinsend. „Aber das war auch längst überfällig.“

Womit sie auf jeden Fall recht hatte. Offenbar setzte ich mich damit durch, denn den Rest der Woche brachte ich ohne weitere Zwischenfälle hinter mich und am darauffolgenden Montag, als ich gar nicht mehr damit rechnete, lag der unterschriebene Urlaubsschein auf meinem Schreibtisch. Es war ein sehr zerbrechlicher Waffenstillstand zwischen mir und meinem Chef entstanden, den ich mich hütete zu brechen. Er wirkte die ganze Zeit über beleidigt und ließ sich selten im Büro blicken. Wahrscheinlich arbeitete er von zu Hause aus, was er sonst nur gelegentlich tat. Mir sollte es recht sein, denn so konnte ich meine Aufgaben in Ruhe abarbeiten. Gedanklich hatte ich mich bereits von unserer Fahrt verabschiedet gehabt, doch nun sprühte ich regelrecht vor Vorfreude. Nur noch zwei Tage arbeiten, dann hieß es Koffer packen! Juhu!

Kapitel 8

Adrian

Bisher kannte ich ‚Schloss Elbsicht' nur von Bildern und Erzählungen, dabei hatte es Kai bereits vor fünf Jahren erworben und es seitdem zu der Perle gemacht, die es heute war. Das Schlosshotel war damals kurz vor der Pleite gestanden und sollte versteigert werden. Mein Onkel war genau zur richtigen Zeit am richtigen Ort gewesen, wie man so schön sagt. Nun hatte ich wirklich Glück gehabt, dass noch ein Zimmer für mich frei gewesen war.

Ich stieg aus dem Kleinbus, der mich im Innenhof abgesetzt hatte und sah mich um. Mein eigenes Auto stand auf dem Parkplatz am Fuß des Berges, da auf dem Schloss nur Lieferanten mit ihren Fahrzeugen geduldet wurden. Es wäre auch zu schade gewesen, den

Hof in einen Parkplatz zu verwandeln, denn dadurch würde der Charme des Schlosshotels enorm leiden. Platz wäre auch gar nicht gewesen, denn die ersten Vorbereitungen für den Schlossweihnachtsmarkt liefen bereits als ich eintraf.

In diesem Moment trat mein Onkel aus dem Eingangsportal und kam freudestrahlend auf mich zu. „Adrian! Wie schön, dass du da bist! Wie lange haben wir uns nicht mehr gesehen?" Dann schloss er mich in eine Umarmung.

„Onkel …", begann ich, woraufhin er erstarrte. „Kai", verbesserte ich mich sogleich. „Wunderschön ist es hier. Unser letztes Treffen ist schon viel zu lange her. Bestimmt schon Jahre. Wie geht es dir?"

„Alles läuft hier super", freute sich Kai. „Für mich war es die beste Entscheidung, die Firma deines Vaters zu verlassen und mir etwas Eigenes aufzubauen. Du hast dich ja ebenfalls anders orientiert, wie ich bereits weiß."

„Ja, allerdings hat mein Vater ein Problem damit, das zu akzeptieren", erklärte ich seufzend.

„Das kann ich mir vorstellen. Mein Bruder hatte schon immer ein Problem damit, die Träume und Ziele anderer Menschen anzuerkennen. Komm erst mal rein, dann zeige ich dir dein Zimmer." Sogleich führte er mich durch das Eingangsportal in die große Halle. Hier traf der mittelalterliche Charme gekonnt auf die

Moderne, was mir sehr gut gefiel. Kai geleitete mich zu der großen Treppe, die er Gott sei Dank erhalten hatte. „Aufzug oder laufen?“, fragte er grinsend.

„Wie weit müssen wir denn hinauf?“, erkundigte ich mich gelassen. Ich war zwar schon ewig nicht mehr im Fitnessstudio gewesen, doch ein paar Treppen würde ich schon noch hinbekommen.

„Zweiter Stock.“

„Das sollte ich gerade noch schaffen“, meinte ich. Es war ein wunderbares Gefühl, diese breite Treppe hinaufzuschreiten. In früheren Zeiten waren die Schlossherren bestimmt ebenso hinauf- und hinuntergelaufen, ohne die Möglichkeit die Bequemlichkeit eines Aufzuges nutzen zu können. Gemeinsam erklommen wir die Stufen bis in den zweiten Stock.

„Das Zimmer ist klein, hat dafür aber einen grandiosen Ausblick“, entschuldigte sich Kai für die Größe des Raumes.

„Solange es ein Bett gibt, bin ich zufrieden“, behauptete ich und im Grunde war es auch so. Eigentlich hatte ich nicht vor, mich während meines Aufenthaltes nur hier oben zu verbarrikadieren. Dann würde mir schon innerhalb weniger Tage die Decke auf den Kopf fallen.

„Schau selbst“, meinte Kai, öffnete die Tür und ließ mich eintreten. Das, was ich vorfand, war für mich ausreichend. Ein Schrank, ein Futonbett sowie ein kleiner Tisch mit einem Sessel waren vorhanden.

„Damit kann ich jedenfalls gut leben“, meinte ich grinsend. „Ich werde hier oben wahrscheinlich nicht viel Zeit verbringen.“

Es klopfte und in der nach wie vor geöffneten Tür erschien ein Hotelmitarbeiter mit meinem Koffer. Ich nahm ihn entgegen, gab ein Trinkgeld und dann verabschiedete sich Kai, da noch Arbeit auf ihn wartete.

Nun war ich allein. Lohnte sich das Auspacken? Immerhin würde ich nur eine Woche in diesem Zimmer verbringen, ehe ich wieder umziehen konnte. Dennoch entschied ich mich dafür und innerhalb kurzer Zeit war der Koffer leer. Es war so ungewohnt ruhig hier. Durch die dicken Mauern und die isolierverglasten Fenster drang kaum ein Laut herein. Hoffentlich konnte ich heute Nacht überhaupt schlafen. Nicht, dass mir die gewohnten Geräusche von zu Hause fehlten.

Tief durchatmend trat ich ans Fenster. Die Sonne hatte sich durch die dicke Wolkendecke gekämpft und erhellte das untenliegende Dorf wie ein überdimensionaler Scheinwerfer. Die Elbe wand sich wie in silbernes Band durch die Landschaft und durchschnitt die grünen Wiesen am Ufer. Rechtsseitig erhoben sich Teile des Elbsandsteingebirges mit teils bizarren Formen, die mich sofort faszinierten. Sogleich nahm ich mir vor, in der sächsischen Schweiz wandern zu gehen. Hoffentlich spielte das Wetter in den nächsten Tagen mit, sodass ich meine Pläne nicht weiter hinausschieben musste.

Am Abend sprach ich mit Kai darüber, der mir sogleich ein paar sehenswerte Routen vorschlug. Dass es zu anderen Jahreszeiten eventuell reizvoller wäre, war mir auch klar, doch irgendwie musste ich mich ja beschäftigen.

„Morgen soll es allerdings regnen. Wenn du dich entspannen willst, empfehle ich dir einen Besuch in unserem Wellnessbereich." Kai lehnte sich grinsend zurück, während er mich musterte.

„Wellness? Wo hast du den Bereich denn versteckt?", wunderte ich mich, denn bisher war mir diesbezüglich nichts aufgefallen. Daraufhin lachte mein Onkel auf.

„Ich zeige es dir morgen früh", versprach er. „Wenn du heute noch Gesellschaft brauchst, komm doch gern mit in die Bar, wo ich heute Dienst schiebe. Thorsten hat frei, sodass ich einspringe. Wir haben eine kleine Bibliothek, falls du lieber lesen möchtest und ein reichhaltiges Fernsehprogramm, wenn dir der Sinn danach steht."

Letztendlich entschied ich mich dazu, Kai zu begleiten und setzte mich zu ihm an den Tresen. Wir unterhielten uns noch eine Weile, wobei ich gekonnt die flirtenden Blicke einiger Damen ignorierte. Mir stand einfach nicht der Sinn nach einer belanglosen Eroberung. Nach zwei Drinks verabschiedete ich mich bereits wieder, um auf mein Zimmer zurückzukehren. Die lange Fahrt saß mir in den Knochen und ich freute mich auf eine entspannende Dusche und die erste Nacht hier auf dem Schloss.

Kapitel 9

Rika

Mein Koffer war gepackt und ich war heilfroh, ein paar Tage rauszukommen, denn auch wenn mich mein Chef derzeit mied, so war die Atmosphäre dennoch weiterhin angespannt. Es grenzte für mich immer noch an ein Wunder, dass ich tatsächlich zwei Wochen Urlaub bekommen hatte. Bei jedem Klingeln meines Telefons schreckte ich zusammen und checkte erst einmal die Anrufernummer, da ich jederzeit damit rechnete, von meinem Chef ins Büro zurückbeordert zu werden. Doch nichts dergleichen geschah.

Mein Wecker klingelte um sieben Uhr, da ich mich in aller Ruhe meinem Morgenritual widmen wollte. Lexi hatte uns nicht viel mehr verraten, als dass wir neben Sightseeing und Weihnachtsmarktbesuch auch ein

Wellnessprogramm gebucht hatten. Bei allem anderen schwieg sie und auch aus Timo hatte ich lediglich ein Schulterzucken herausbekommen. Folglich mussten wir uns überraschen lassen mit dem, was auf uns zukam.

Nach der Dusche wickelte ich mich in ein großes, flauschiges Handtuch und widerstand der Versuchung, mich einfach wieder ins Bett zu kuscheln. Es war noch dunkel, als ich einen Blick aus dem Fenster warf. Noch immer kein Schnee in Sicht, was außerordentlich schade war, denn für mich gehörte er einfach zu Weihnachten dazu. Doch mit jedem Tag, der ohne die weiße Pracht verging, schwand die Hoffnung auf ein weißes Fest. Nur noch drei Wochen!

Während ich in meine Kleidung schlüpfte, lief mein morgendlicher Muntermacher in den Kaffeebecher, sodass ich bald darauf mein Frühstück genoss. Nachdem ich wieder aufgeräumt hatte, suchte ich erneut das Bad auf, um noch ein leichtes Make-up aufzulegen. Erst dann war ich mit meinem Spiegelbild zufrieden. In meinen Augen blitzte die Abenteuerlust auf und mit einem Mal tanzten vor lauter Aufregung Schmetterlinge in meinem Bauch. Nun konnte ich es gar nicht mehr abwarten.

Beschwingt stieg ich in meine Winterstiefel, schlüpfte in den Mantel und stülpte mir die Mütze auf den Kopf. Die Handschuhe steckte ich in die Manteltasche, sodass sie bei Bedarf griffbereit waren.

Es war nicht weit bis zum Busbahnhof, von wo wir abfahren wollten, weshalb ich die kurze Strecke zu Fuß zurücklegte. Normalerweise hätte ich Lexi abgeholt, doch seitdem sie bei Timo wohnte, lag sie außerhalb meiner fußläufigen Erreichbarkeit. So zog ich allein durch die Straßen bis ich beim Treffpunkt ankam. Dort erkannte ich meine beste Freundin, die bereits anwesend war und mir schon von weitem zuwinkte.

„Hey Rika! Bist du bereit für unsere Tour?", begrüßte sie mich sogleich.

„Natürlich! Willst du mir immer noch nicht verraten, wo es genau hingeht?", versuchte ich nochmals, mehr über unsere Reise herauszufinden. Dresden war nun mal keine Kleinstadt. Doch Lexi grinste lediglich. „Nein, das will ich nicht", gab sie fröhlich zurück.

„Ach menno", gab ich schmollend zurück.

„Beleidigt sein steht dir nicht", neckte Lexi mich. „Hoffentlich sind die anderen pünktlich, denn in zehn Minuten ist Abfahrt", fügte sie mit einem besorgten Blick auf die Uhr hinzu.

„Sie werden schon noch kommen. Der Abschied von den Kindern dauert bestimmt."

„Nicht nur von denen. Ich kann mir vorstellen, wie Nadja ihrem Johannes noch eine ellenlange To do Liste aufträgt, während sie zur Tür rausgeht. Der Ärmste hat nicht den Hauch einer Chance, diese abzuarbeiten, würde ich mal behaupten", meinte Lexi kichernd.

Daraufhin konnte ich das Lachen auch nicht zurückhalten und stimmte mit ein. An diesem Wochenende gab es nur uns Mädels – keine Männer und keine Kinder, wenn es lief, wie es geplant war. In diesem Moment fuhr Andi mit dem Familienvan vor und lud, sichtlich angenervt, den Rest unserer Truppe ab. So schnell wie möglich verabschiedete er sich und brauste davon, woraufhin sich ein Kichern in mir anbahnte.

„Mona, dein Mann hat ja förmlich die Flucht ergriffen", stellte ich grinsend fest. „Was habt ihr mit dem gemacht?"

„Ich weiß nicht, wovon du redest", gab sie spitz zurück.

„Na ja, wir haben schon einen Piccolo getrunken", teilte Nadja uns heiter mit. „Davon war er nicht sehr erbaut."

Oh je, von einem Besäufnis war nie die Rede gewesen! Ich wechselte einen Blick mit Lexi, die nur lächelnd mit den Schultern zuckte. Währenddessen kramte Lilli in ihrem Rucksack und förderte eine Flasche Hugo sowie die entsprechende Menge an Kunststoffbechern zutage. Mona verteilte die Becher, ehe Lilli die Flasche öffnete und das Getränk eingoss.

„Auf unser Wochenende!", rief sie schließlich und wir prosteten uns zu. Die Becher hatte sie bestimmt von ihren Kindern gemopst, doch Glas wäre keine

Option gewesen. Dennoch schmeckte der Hugo nicht annähernd so gut wie aus anständigen Gläsern. Gerade als der Bus um die Ecke bog, entsorgten wir die leere Flasche und verstauten die Becher in unseren Taschen.

„Ich habe auch noch eine Flasche", raunte Nadja mir zu, woraufhin ich sie ungläubig anstarrte. Was war denn mit den Mädels los? So locker hatte ich sie ewig nicht erlebt. „Guck nicht so überrascht. Wir können auch noch feiern, obwohl wir Familie haben."

„Ich habe nichts Anderes behauptet", murmelte ich kopfschüttelnd.

Der Bus hielt vor uns und der Fahrer stieg aus. Es war noch ein recht junger Mann, um die dreißig vielleicht, dunkles Haar, athletische Figur mit einem gewinnenden Lächeln auf den Lippen.

„Guten Morgen Ladies!", begrüßte er uns. „Mein Name ist Ben Arning und ich bin für heute Ihr Fahrer. Meine Begleitung Sophie wird Ihnen Ihre Plätze zeigen und ist während der Fahrt für Ihre Belange zuständig." Er deutete auf die junge Frau, die hinter ihm ausgestiegen war.

Freundlich begrüßten wir die beiden und folgten Sophie ins Innere des Busses, während Ben unsere Koffer verstaute. Kurze Zeit später ging es auch schon los. Immer wieder ertappte ich unseren Fahrer dabei, wie er im Spiegel zu uns hinübersah. Und ich war nicht die einzige, die es bemerkte.

„Ben scheint von dir beeindruckt zu sein“, flüsterte Lexi mir lächelnd zu, nachdem sie mich mit einem sachten Stoß in die Rippen auf sich aufmerksam gemacht hatte.

„Meinst du?“, gab ich zurück.

„Ich bin davon überzeugt. Er sieht doch wirklich gut aus, findest du nicht?“

„Doch, schon …“, gab ich zögernd mit einem Schulterzucken zurück.

„Aber?“ Lexi ließ nicht locker.

„Es fehlt das gewisse Knistern“, gab ich schließlich zu. „Er scheint ja nett zu sein …“

„Oh weh, nett ist die kleine Schwester von ...“, setzte sie an.

„Genau. Du brauchst es gar nicht erst aussprechen. Der Funke fliegt einfach nicht über.“ Seufzend lehnte ich mich zurück und meine Gedanken schweiften zu dem einzigen Mann ab, der es seit zwei Jahren geschafft hatte, mich zu fesseln. Ich dachte an sein warmes Lächeln und seine wundervollen türkisblauen Augen.

An den Fenstern zog die Landschaft an uns vorbei, wir passierten mehrere Städte wie Hannover, Braunschweig, Magdeburg und kamen unserem Ziel immer näher. In einer Pause köpften wir die nächste Flasche Hugo und so langsam wurde es für mich Zeit, mich zu bremsen, denn obwohl nicht viel Alkohol enthalten war, spürte ich die Leichtigkeit sowie den unterschwelligen Schwindel in meinem Kopf, die anzeigten, dass ich ein schon wenig beschwipst war. Es wurde Zeit, dass wir ankamen.

Wir näherten uns unserem Ziel und nach und nach verließen immer mehr Fahrgäste den Bus, bis außer uns nur noch eine Handvoll Mitreisender an Bord war.

Nun fuhren wir praktisch an Dresden vorbei und fanden uns bald in einem malerischen Dorf, nur eine knappe halbe Stunde entfernt wieder. Etwas oberhalb thronte ein Schloss, welches durch eine lange Treppe oder eine eigene Zufahrt erreicht werden konnte. Der Bus parkte auf einem großen Parkplatz, wo wir in einen Kleinbus umstiegen, welcher uns zu unserer Unterkunft bringen sollte.

„Lexi? Nun sag schon, wohin wir fahren. Ist es noch weit?“, fragte ich neugierig.

„Nein. Du wirst es gleich sehen“, wimmelte sie meine Frage grinsend ab.

„Alte Geheimniskrämerin“, murrte ich. „Du hast etwas von Dresden und Strietzelmarkt erzählt und nun sind wir mitten im Nirgendwo.“ Daraufhin lachte Lexi lediglich.

„Manchmal ist Geduld nicht deine Stärke“, hielt sie mir lächelnd vor, womit sie durchaus recht hatte. Aber ich war so aufgeregt! Schließlich war es schon lange her, dass ich mehrere Tage unterwegs gewesen war. Und Lexi konnte ein Geheimnis wirklich für sich behalten, was sie immer wieder unter Beweis stellte. Statt weiterer Erklärungen oder besser Ausflüchte deutete sie nach vorn.

„Schau.“ Über unsere kleine Diskussion hatte ich ganz vergessen darauf zu achten, wohin wir fuhren. Doch nun erkannte ich, dass wir auf der Zufahrt zu dem kleinen Schloss waren, welches mit seinen Zinnen, Erkern und Türmchen über dem Dorf wachte.

Begeistert fuhr ich zu Lexi herum. „Wir übernachten auf dem Schloss?“

„Ja genau“, gab sie lachend zu. „Es steckt sehr viel mehr in ihm, als ihr glaubt. Ich habe es nur durch Zufall entdeckt, als ich nach Unterkünften gesucht habe und konnte einfach nicht widerstehen, auch wenn wir nun mitten im Nirgendwo gelandet sind.“

„Ich habe noch nie auf einem Schloss übernachtet“, flüsterte ich ergriffen. „Das ist ja fast wie im Märchen.“

„Warte nur ab, bis du den Rest auch noch erfährst“, prophezeite sie mir. „Der Abschied wird uns am Sonntag bestimmt schwerfallen.“

„Und schon wieder hüllst du dich in Geheimnisse“, beschwerte ich mich lachend. Die Aussicht auf diese außergewöhnliche Unterkunft hob meine Laune noch etwas mehr, sodass ich endlich beschloss, meinen Urlaub zu genießen und zumindest in diesen Tagen die Anrufe aus dem Büro wirklich zu ignorieren. Immerhin wusste Annika über alles Wichtige Bescheid und wenn mich nicht alles täuschte, so wusste Herr Schmidt selbst ganz genau, wo er welche Unterlagen oder Dateien finden konnte. Seine Anrufe waren lediglich Schikane. Doch ich hatte es mir verdient, einmal völlig abzuschalten und zu mir zu kommen, denn genau das hatte ich auch vor. Ich wollte nicht mehr vierundzwanzig Stunden am Tag erreichbar sein.

Die anderen Mädels brachen in Begeisterungsstürme aus, als sie ebenfalls realisierten, wo unsere kurze Fahrt enden würde. Wir passierten die eindrucksvolle Toreinfahrt und rumpelten über das Kopfsteinpflaster, um in den geräumigen Innenhof zu gelangen, wo unser Fahrer den Kleinbus abstellte. Spätestens an der Einfahrt wäre unser großer Reisebus gescheitert, wie ich bei der Durchfahrt feststellte, denn unser Kleinbus passte soeben hindurch. Die Unterführung, welche zum Tal hin mit Schießscharten gespickt war, zog sich mindestens zwanzig Meter in die Länge und glich damit eher einem Tunnel, was unsere Ankunft gleich noch ein wenig besonderer machte. Zumindest in meinen Augen. Es hatte etwas Magisches an sich. Dann öffnete sich der Innenhof vor uns und ich stellte fest, dass die Schlossanlage größer war, als es von unten den Anschein hatte.

„Willkommen auf ‚Schloss Elbsicht'", begrüßte der Fahrer uns noch einmal lächelnd. „Schauen Sie sich in Ruhe um. Zum Einchecken müssen Sie durch diese

Tür.“ Er deutete auf ein ebenso eindrucksvolles Portal. „Um Ihr Gepäck kümmere ich mich.“

„Vielen Dank“, riefen wir beinahe einstimmig im Chor und stiegen aus, um uns mit großen Augen die Anlage anzusehen. Mein Herz schlug höher und ich war vollkommen hingerissen. Langsam drehte ich mich um meine eigene Achse, um möglichst einen genauen ersten Eindruck zu bekommen. Ich erkannte so etwas wie kleine Häuschen, welche sich an das eigentliche Schloss schmiegten und anscheinend kleine Geschäfte sowie eine Kneipe und ein Restaurant beherbergten. Ein kleines Dorf, umgeben vom Schloss, welches es beschützte.

Außerdem fiel mir auf, dass offenbar noch etwas Anderes im Gange war. Kleine Holzhütten waren rund um einen riesigen Weihnachtsbaum aufgestellt worden und Menschen liefen geschäftig hin und her, befestigten Lichterketten und allerlei Deko. Es sah aus, als würden letzte Arbeiten erledigt werden.

Konnte das bedeuten, dass es so etwas wie einen eigenen Schloss Weihnachtsmarkt gab? Mein Blick flog zu Lexi, die sich ebenfalls bewundernd umsah. „Es wird den Bildern in keinster Weise gerecht“ flüsterte diese andächtig. Ihre Augen blitzten ebenso wie meine, wenn mich nicht alles täuschte. Als absolute Weihnachtsfans nahmen wir jeden Markt mit, den wir erreichen konnten und dieser hier versprach etwas Besonderes zu sein.

Mona, Nadja, Lilli und Ella waren sprachlos, was äußerst selten vorkam. Vergessen war mein Hunger, stattdessen packte mich die Entdeckungslust.

„Lasst uns unsere Zimmer beziehen und dann alles erkunden“, schlug ich vor, ehe ich mich bereits auf den Weg zur Rezeption machte. Ein Blick über die Schulter zeigte mir, dass sie mir folgten.

Kapitel 10

Adrian

Ich war nun schon seit über einer Woche bei meinem Onkel zu Gast und mittlerweile war mir klar, dass das Nichtstun absolut nichts für mich war. Auch das Wandern lenkte mich nicht von meinen Problemen ab, im Gegenteil. Obwohl ich die Bewegung genoss, hatte ich dadurch einfach zu viel Zeit zum Nachdenken. Deshalb bot ich Kai an, ihm in seinem Betrieb zur Hand zu gehen. Meist waren es kleinere Hilfsarbeiten, doch das war völlig in Ordnung für mich. Immerhin kannte ich mich in einem Hotel- und Wellnessbetrieb nicht aus und es diente lediglich als Ablenkung.

So kurz vor Eröffnung unseres Weihnachtsmarktes gab es immer viel zu tun, wie mein Onkel mir erklärte. Hinzu kam, dass wir nahezu ausgebucht waren. So weit war es also gekommen: Ich sprach schon von ‚wir'. Dabei nahm ich mir nur eine kurze Auszeit von meinem Job, um wieder zu mir zu kommen. Wobei es ja nicht die Arbeit war, die mir Kopfzerbrechen bereitete.

„Adrian? Könntest du diesen Stapel frischer Handtücher nach unten in den Wellnessbereich bringen? Ich kann hier gerade nicht weg!" Eva, die Rezeptionistin, deutete auf den kleinen Wäschewagen, der hinter ihr stand, während sie sich gestresst die Haare hinters Ohr strich. Eine Gruppe neuer Gäste war gerade eingetroffen und wartete darauf, einzuchecken. In der Lobby wuselte es wie in einem Ameisenhaufen.

„Natürlich, kein Problem", gab ich lächelnd zurück, griff mir den Wagen und schob ihn Richtung Personalaufzug. Ich suchte die ehemaligen Verliese und Kellergewölbe gern auf und war jedes Mal wieder überwältigt, wenn ich sah, was daraus gemacht worden war. Die indirekten Lichter, die überall angebracht worden waren und teils ganz leicht in grün, blau oder orange schimmerten, verliehen dem Ganzen einen geheimnisvollen, ja fast magischen Touch.

Leise vor mich hin pfeifend trat ich aus dem Aufzug, grüßte Mia, die heute hinter der Theke der kleinen Snackbar stand und begab mich direkt zum Massagebereich, wo die Handtücher hingehörten. Immerhin wusste ich bereits, dass jeder Bereich eine eigene Farbe innehatte, sodass ich nicht mehr alles erfragen musste. Das hier war eine neue Erfahrung für mich, denn den Azubi in mir hatte ich schon lange hinter mir gelassen.

Ich bugsierte den kleinen Wagen durch die Schiebetür, welche sich zuvor selbst geöffnet hatte und wurde von leiser Musik begrüßt. Hinter der Handtuchausgabe saß derzeit niemand, was ich schulterzuckend zur Kenntnis nahm. Kein Problem für mich, denn im Handumdrehen räumte ich die Handtücher selbst in die dafür vorgesehenen Regale, brachte den Wagen in die Wäscheausgabe und begab mich zum Aufzug zurück.

Mia sprach mich an, bevor ich dort ankam. „Hey Adrian, spielst du wieder den Hausmeister?", fragte sie lächelnd. Jeder hier wusste, dass ich der Neffe des Direktors war, doch ich hatte niemandem außer meinem Onkel erzählt, warum ich hier war. Den Gesprächen, die ich hin und wieder aufschnappte, entnahm ich, dass die meisten davon ausgingen, dass ich derzeit keinem Job nachging und deshalb aushalf. Wenn die wüssten!

„Es war eben Not am Mann. Eva kann gerade nicht weg", gab ich schulterzuckend zurück.

„Hast du denn noch nicht genug mit dem Weihnachtsmarkt zu tun?", erkundigte sie sich weiter. Ich mochte sie, denn im Gegensatz zu anderen Frauen flirtete sie nicht ständig mit mir, was eine wahre Wohltat war, denn im Moment wollte ich meine Ruhe haben.

„Kleine Verschnaufpause“, winkte ich ab, lehnte mich an den Tresen und plauderte eine Weile mit ihr, da gerade keine Gäste zugegen waren. Es war noch ruhig, denn zur Abendessenszeit hielten sich die meisten für gewöhnlich im Speisesaal auf. Zeit zum Verschnaufen für das hiesige Personal. In einer Stunde würde es bereits wieder wesentlich voller werden.

Als sich eine kleine Gruppe lachender Frauen näherte, verabschiedete ich mich von Mia, drehte mich um, um zu gehen und erstarrte. Was machte SIE denn hier? Beinahe ein ganzes Jahr hatte ich es geschafft, so zu tun, als würde es sie nicht geben und nun stand sie fast vor mir. Während dieser Zeit hatte ich versucht, mir einzureden, dass es dieses besondere Knistern zwischen uns nicht gegeben hatte, dass ich nicht gezwungen gewesen war, etwas Besonderes wegzuwerfen, ehe es wirklich richtig begonnen hatte. Mein Mund wurde trocken und ich konnte nicht anders, als sie anzustarren und jede Bewegung oder Mimik in mich aufzunehmen. Rika!

Nun entdeckte sie mich und ihr wunderbares Lächeln erstarb auf ihren Lippen. Stattdessen kniff sie leicht die Augen zusammen und musterte mich argwöhnisch, so als könnte sie nicht glauben, wen sie vor sich sah. Erst als Lexi mich ansprach, wurde ich gewahr, dass sie Freundinnen sein mussten und stöhnte innerlich auf.

„Adrian! Das ist ja eine Überraschung!“, rief Lexi, kam auf mich zu und zog mich in eine Umarmung. Daran war ich längst gewöhnt und nach einem kurzen Moment löste ich mich aus meiner Erstarrung, um die Geste zu erwidern.

„Hey Lexi“, gab ich leise zurück, während ich über ihre Schulter hinweg nach wie vor Rika fixierte. Sie war immer noch eine Wucht und mein Herz pochte bei ihrem Anblick wild vor sich hin. Ihr Haar kräuselte sich wegen der höheren Luftfeuchtigkeit hier unten und ich wusste, dass sie es hasste, während es mir wahnsinnig gut gefiel.

„Ich hätte nicht damit gerechnet, dass wir uns über den Weg laufen“, setzte Lexi das Gespräch fort. „Hier genießt du also deine Auszeit, während Timo den Laden zu Hause am Laufen hält?“ Vergnügt zwinkerte sie mir zu, während ich mich zwang, dem Gespräch zu folgen.

„Na ja, eigentlich bin ich hier, um mir über ein paar Dinge klar zu werden, doch das Nichtstun liegt mir nicht. Also helfe ich meinem Onkel, wenn es gerade eng wird“, erklärte ich ihr. Ich hatte beschlossen, bei der Wahrheit zu bleiben, denn früher oder später erfuhr sie es ja doch. Wenn ich nicht explizit darum bat, dass etwas unter uns bleiben sollte, tauschten sich Timo und Lexi über alles aus. Es war ja kein Geheimnis, dass ich hier war. Es fiel mir schwer, mich auf das Gespräch zu konzentrieren, wenn Rika nur wenige Meter von mir entfernt stand und ich sie ebenso gern umarmen würde.

„Und du genießt mit deinen Freundinnen ebenfalls eine Auszeit?“, erkundigte ich mich und schloss diese mit einer Handbewegung ein. Ob Lexi etwas von mir und Rika wusste? Wenn ja, so ließ sie es jedenfalls nicht erkennen.

„Nun ja, eigentlich wollten wir lediglich zum Strietzelmarkt nach Dresden, doch dann haben wir vorhin erfahren, dass ihr hier im Burghof und auf der Zufahrt selbst einen kleinen, aber feinen Weihnachtsmarkt veranstaltet. Rika und ich lieben Weihnachtsmärkte“, erklärte sie lachend etwas, was ich bereits wusste. „Und wer von den anderen nicht mit dorthin möchte, der hat immer noch die Option, euer hervorragendes Wellnessprogramm zu genießen.“

Daraufhin lachten ihre Freundinnen, alle bis auf Rika. Sie musterte mich immer noch wie ein verschrecktes Reh und schien nicht glauben zu können, dass wir uns durch Zufall hier wieder über den Weg gelaufen waren. Es ging mir nicht sehr viel besser, ich konnte es nur besser überspielen als sie.

Kapitel 11

Rika

Das gab es doch gar nicht! Da fuhren wir hunderte von Kilometern und dann lief mir ausgerechnet schon am ersten Abend Adrian über den Weg. Damit hatte ich überhaupt nicht gerechnet. Ich war wie erstarrt, während mein Herz raste und sich die Schmetterlinge in meinem Inneren vor Aufregung überschlugen. Was machte er denn hier? Das Schicksal musste sich wirklich ins Fäustchen lachen, denn zu Hause waren wir uns seit fast einem Jahr nicht mehr über den Weg gelaufen, obwohl wir in derselben Kleinstadt wohnten. Nun musste ich sogar feststellen, dass Lexi und er sich offenbar kannten. Das wurde ja immer besser! Wie gebannt starrte ich ihn an. Wenn meine Beine ihrem Befehl gehorchen würden, wäre ich längst aus diesem

Raum geflüchtet, doch dummerweise schien da irgendetwas nicht zu funktionieren. Er erwiderte meinen Blick, obwohl er gerade Lexi umarmte.

Ich bekam beim besten Willen nicht mit, worüber die beiden redeten, denn dafür rauschte das Blut viel zu laut in meinen Ohren. Verdammt! Ausgerechnet Adrian! Über diese Tatsache kam ich nur schwer bis gar nicht weg. Schließlich war er derjenige, der meinem Herzen schon einmal gefährlich nah gekommen war. Ach was! Wem wollte ich denn etwas vormachen? Er hatte ihm einen Knacks versetzt und diese Bruchkante war noch lange nicht verheilt, wie ich soeben feststellte.

Als sein Blick erneut meinen traf, schenkte ich ihm ein möglichst unverbindliches Lächeln und schaffte es endlich, mich aus dem Staub zu machen, als er abgelenkt wurde. Ich war froh, dass sich die Aufzugstüren so schnell schlossen, dass niemand anders ihn betreten konnte. Wie sollte ich meinen Abgang bloß den Mädels erklären? Doch darüber konnte ich mir später noch Gedanken machen. Jetzt musste ich jedenfalls einfach nur weg!

Aufatmend betrat ich das Zimmer, in dem Lexi und ich für die Dauer unseres Aufenthaltes wohnten und ließ mich auf mein Bett sinken. Meine Gedanken kreisten um Adrian, ob ich es wollte oder nicht. Ich erinnerte mich an unser erstes Treffen im Fitnessclub, an dieses umwerfende Lächeln, welches er mir geschenkt hatte, als wir aufeinandertrafen. Dieses übermütige Funkeln in seinen Augen … Es war Anziehung auf den ersten Blick gewesen. Zumindest von meiner Seite. Nach ein paar Dates war ich mir sicher gewesen, dass er sich ebenfalls zu mir hingezogen fühlte, bis … von ihm nichts mehr kam.

Kurze Zeit später betrat Lexi den Raum und beendete damit mein fortdauerndes Gedankenkarussell. „Hey Liebes, geht es dir gut? Du bist so überstürzt gegangen. Dabei wollte ich dir noch Timos Freund und Geschäftspartner Adrian vorstellen."

„Ich kenne ihn bereits", entfuhr es mir, ehe ich mich selbst stoppen konnte. Überrascht starrte Lexi mich an.

„Wieso kennst du ihn bereits?", wollte sie natürlich sofort wissen. Nun musste ich Farbe bekennen. „Soweit ich weiß seid ihr nie gemeinsam mit uns zusammen gewesen."

„Kannst du dich noch an den Kerl erinnern, mit dem ich mich im letzten Jahr ein paar Mal getroffen habe?", erkundigte ich mich leise, woraufhin sie kurz überlegte und schließlich nickte. „Das war Adrian. Wir haben uns im Fitnessstudio kennengelernt. Mir hat er sofort gefallen. Wir sind ein paar Mal miteinander ausgegangen und heute weiß ich, dass ich mich auch in ihn verliebt hatte. Doch mit einem Mal herrschte Funkstille zwischen uns. Er tauchte nicht mehr im Studio auf, reagierte weder auf Anrufe oder

Nachrichten. Es war, als hätte es ihn nie gegeben.“ Mein Herz schmerzte noch immer, wenn ich daran dachte. Eine einsame Träne rann meine Wange hinunter. Hatte ich wegen dieses Mannes nicht schon genug geweint? Unwirsch wischte ich sie weg.

Lexis mitfühlender Blick traf meinen. „Das tut mir so leid, Liebes“, murmelte sie, während sie mich in eine wohltuende Umarmung schloss. „Ich hatte ja keine Ahnung. Warum hast du nie etwas gesagt?“

„Du warst gerade so glücklich mit Timo …“, erwiderte ich leise.

„Ich bin wahrlich eine schlechte Freundin“, meinte sie daraufhin unglücklich.

„So ein Quatsch, du bist die beste Freundin, die ich mir nur wünschen kann! Hör bloß auf, so einen Blödsinn zu reden“, schimpfte ich. „Es lag an mir, dass ich mich dir nicht anvertraut habe. Nun muss ich schauen, dass ich ihm die nächsten Tage aus dem Weg gehen kann.“

„Wie wäre es denn, wenn ihr stattdessen mal miteinander redet? Vielleicht gab es einfach nur ein Missverständnis?“, schlug sie leise vor.

„Wenn dem so wäre, so lag es wohl nicht in seinem Interesse, dieses zu klären“, schnaubte ich. „Ich muss mein Herz schützen und deshalb so weit wie möglich Abstand halten.“ Nur so würde ich es schaffen, mit dem Gefühlschaos in mir umzugehen.

„Du willst doch jetzt nicht heimfahren?“, fragte Lexi entsetzt. „Wir sind doch gerade erst angekommen und du hast dich so darauf gefreut.“

„Nein, das habe ich nicht vor. Aber ich behalte ihn im Auge. Heute Abend gehen wir schön essen, morgen Abend ist die Eröffnung des Weihnachtsmarktes und Samstagnachmittag fahren wir nach Dresden. Wir werden also gut beschäftigt sein, sodass es kein Problem sein dürfte, ihm nicht zu begegnen.“ Himmel, das klang ja fast, als müsste ich mich hauptsächlich selbst davon überzeugen.

„Du hast recht. Wir haben volles Programm gebucht. Die anderen warten am Restaurant auf uns. Bist du nicht heute Nachmittag vor Hunger fast gestorben?“, neckte sie mich.

„Das ist wahr und wenn ich erst einmal die Speisekarte sehe, bekomme ich bestimmt wieder Appetit.“

„So ist es richtig: Aufstehen, Krone richten und weitermachen“, lobte sie mich und zog mich vom Bett hoch.

Kurze Zeit später machten wir es uns in dem kleinen Restaurant im Schlosshof gemütlich, statt den Speisesaal des Hotels zu nutzen. Das Raumangebot war überschaubar und es fanden lediglich zwanzig Gäste Platz, sodass die Geräuschkulisse kaum nennenswert war. Die Einrichtung war rustikal gehalten und wirkte dennoch einladend. Dickes Eichengebälk unterbrach die verputzten Wände, dezente Weihnachtsdekoration verschönerte die Tische sowie den Tresen.

Wir bestellten bei dem freundlichen Kellner unsere Getränke und nahmen schon einmal die Speisekarten entgegen. Während wir uns schwer damit taten, unsere Gerichte auszusuchen, tauchte er bald darauf mit einem vollen Tablett wieder bei uns auf.

„Brauchen die Damen noch ein wenig Zeit, um sich zu entscheiden?“, erkundigte er sich höflich, nachdem er die Gläser verteilt hatte.

„Es sieht ganz danach aus“, antwortete ich ihm lachend, woraufhin er mir ein verschmitztes Lächeln schenkte.

„Rufen Sie mich einfach, wenn Sie soweit sind“, gab er zurück und entfernte sich wieder. Erst einmal hoben wir unsere Gläser und prosteten uns zu. „Auf ein wunderbares Wochenende!“

Darauf trank ich gern und mit einem Mal fanden wir alle das passende Essen für uns, sodass wir bestellen konnten.

Es wurde ein feuchtfröhlicher Abend und als dieser zu Ende ging, war ich guter Dinge, dass ich den Aufenthalt hier bestmöglich überstehen würde. Während die anderen auf ihre Zimmer zurückgingen, vertrat ich mir noch ein wenig die Beine. Das geschäftige Treiben auf dem Innenhof war zum Erliegen gekommen und nur noch wenige Gäste waren unterwegs. Die Luft war klar und kalt. Täuschte ich mich oder lag der Geruch des ersten Schnees in der Luft? Ich atmete tief durch, schlängelte mich zwischen den dunklen Hütten hindurch und gelangte schließlich in eine abgelegene Ecke, die mir zuvor noch nicht aufgefallen war. Als ich entdeckte, dass ich bei den Mülltonnen gelandet war, wollte ich kehrtmachen.

Ein Geräusch ließ mich aufblicken. Gab es hier Waschbären, die den Müll durchsuchten? Jedenfalls klang es so, als würde sich jemand dort zu schaffen machen. Vorsichtig bog ich um die Ecke und entdeckte eine zierliche Gestalt, die sich in eine der Tonnen beugte. Jetzt wäre ein guter Zeitpunkt gewesen, wieder umzudrehen, doch wie in jedem Horrorfilm üblich, näherte ich mich ihr.

„Hallo?", sprach ich denjenigen leise an. Innerlich schlug ich mir vor die Stirn, als mir klarwurde, dass ich genau das tat, was in den Filmen geschah, während der Zuschauer die Augen verdrehte und sich fragte, warum die Figur so handelte. Und ich selbst konnte es mir auch nicht erklären. Es schien so, als würde ich davon angezogen werden. Was tat der Mensch da?

Die Gestalt fuhr herum und im spärlichen Licht erkannte ich einen Jungen, der mich herausfordernd anblitzte. „Was tust du da?" fragte ich verblüfft.

„Nach was sieht es denn aus?“, gab er angriffslustig zurück. Ich hob die Hände, um anzudeuten, dass ich harmlos wäre.

„Du durchwühlst den Biomüll?“, erwiderte ich zögernd. „Warum?“

„Richtig. Weil ich Hunger habe. Heute war kein ergiebiger Tag, also muss ich auf die Notreserve zurückgreifen. Hier wird immer viel weggeworfen“, erklärte er mir viel zu bereitwillig. Mit so einer Antwort hatte ich nicht gerechnet. Er mochte höchstens fünfzehn Jahre alt sein, wirkte schmuddelig und durchgefroren, obwohl er eine Mütze und eine warme Jacke trug.

„Du holst dir dein Essen aus dem Müll?“ Ungläubig starrte ich ihn an, während er meinen Blick erwiderte, ohne mit der Wimper zu zucken. Das konnte doch nicht wahr sein! In Deutschland durfte es so etwas nicht geben. Dieser Junge gehörte zu seinen Eltern oder aber in die Obhut einer Wohngruppe. Was hatte ihn dazu veranlasst, fremde Mülleimer nach etwas Essbarem zu durchwühlen?

„Wenn es nicht anders geht“, gab er gleichgültig zurück. „Schau mal, diese Gurke ist bis auf den winzigen Zipfel noch okay. Den schneide ich ab, wasche sie und dann landet sie in meinem Magen. Keine große Sache“, winkte er ab, woraufhin ich entsetzt die Augen aufriss.

„Keine große Sache?“, wiederholte ich. Während ich fieberhaft überlegte, was ich tun sollte, kramte der Junge weiter in der Tonne herum. Hin und wieder verstaute er einen gefundenen Schatz in der Tasche, die er sich umgehängt hatte. Schließlich war er offensichtlich fertig und wandte sich zum Gehen, während ich immer noch zu keinem Schluss gekommen war.

„Wo schläfst du heute Nacht?“, erkundigte ich mich, woraufhin er mal wieder mit den Schultern zuckte. „Hast du einen warmen Schlafplatz?“, drängte ich ihn zur Antwort. Nun schien er unsicher zu werden, denn nervös trippelte er von einem Fuß auf den anderen.

„Weiß nicht“, nuschelte er schließlich, als ihm bewusstwurde, dass ich ihm nicht aus dem Weg gehen würde. „Wird sich schon etwas finden.“

Das war der ausschlaggebende Punkt. Er konnte bei der Kälte, wenn auch noch Schnee in der Luft lag, nicht draußen übernachten. Nicht, wenn ich es verhindern konnte. Spontan fasste ich einen Entschluss.

„Komm mit“, meinte ich entschlossen, packte seine Hand und zog ihn mit. Ich war zuvor schon durch einen Seiteneingang in der Nähe des Wellnessbereiches ins Freie gelangt. Durch diesen wollte ich nun wieder ins Gebäude. Als der Junge merkte, was ich vorhatte, begann er sich zu sträuben.

„Was hast du vor?“, fragte er panisch.

„Ich nehme dich mit hinein, damit du einen warmen Platz zum Schlafen hast und bringe dir auch etwas Vernünftiges zu essen, falls ich etwas auftreiben kann“, erklärte ich.

„Nein! Da gehe ich nicht rein!“ Er stemmte beide Füße in den Boden, doch ich schaffte es schließlich bis zur Tür, wo wir beide außer Atem stehenblieben.

„Willst du es mir wirklich dermaßen schwermachen, dir zu helfen?“, keuchte ich.

„Ich habe nicht um deine Hilfe gebeten“, gab er zurück. „Schließlich bin ich bisher allein klargekommen, da schaffe ich es auch weiterhin.“

„Dann muss ich wohl die Polizei einschalten“, erklärte ich ungerührt und zückte mein Smartphone. Daraufhin erlahmte sein Widerstand sofort und er folgte mir. „Keine Polizei“, flüsterte er.

„Los, komm mit. Und sei leise. Eigentlich hält sich um diese Uhrzeit niemand mehr hier auf, aber man kann ja nie wissen.“ Er lachte auf.

„Ich bin es seit Jahren gewohnt, unsichtbar zu sein. Wenn uns jemand verrät, dann du.“ Damit hatte er wahrscheinlich recht, denn in Geheimniskrämerei war ich noch nie gut gewesen. Ungesehen erreichten wir den Wellnessbereich, wo ich die Regale nach Handtüchern und Decken absuchte, damit er es sich bequem machen konnte. Wer wusste schon, wo er sonst seine Nächte verbrachte!

„Ich nehme nicht an, dass du Kleidung zum Wechseln dabeihast?“, erkundigte ich.

„Nein, ich trage meinen Koffer nicht mit mir herum“, entgegnete er sarkastisch, woraufhin ich seufzte.

„Verrätst du mir deinen Namen? Ich bin Rika.“

„Ich bin Theo“, erwiderte er nach kurzem Zögern. Der Name war mit Sicherheit nicht richtig, doch vorerst wollte ich es dabei bewenden lassen.

„Also gut, Theo. Dann lass uns mal einen Schlafplatz für dich suchen.“ Wenn ich mich recht erinnerte, so gab es im Wartebereich des Massagesalons eine bequeme Couch, auf die er passen müsste. Sorgfältig darauf bedacht, niemandem zu begegnen, führte ich ihn dorthin. „Hier, ich glaube, da hast du es warm und bequem.“

Theo nahm mir eines der Handtücher aus der Hand, um es auf der Couch auszubreiten. Dann sah er mich an. „Damit nichts schmutzig wird“, erklärte er, ehe er sich vorsichtig darauf niederließ. Auf jeden Fall war er reif für sein Alter und besaß genug soziale Kompetenz um zurechtzukommen. Es widerstrebte mir, ihn hier allein zurückzulassen.

„Brauchst du noch etwas? Sonst gehe ich und schaue, ob ich etwas Essbares für dich auftreiben kann. Die Küche hat zwar bereits geschlossen, aber vielleicht finde ich doch noch etwas.“

Lächelnd klopfte er auf seine Tasche. „Ich habe etwas Essbares“, meinte er. „Danke, dass du mir hilfst und ich heute Nacht nicht frieren muss.“

„Gern geschehen. Ich bin gleich zurück“, versprach ich und verließ den Raum. In diesem kleinen Nest gab es mit Sicherheit kein Obdachlosenasyl und selbst wenn, so würde Theo dort nicht vorstellig werden. Er wollte keine Polizei, denn irgendein Sozialarbeiter könnte auf ihn aufmerksam werden. Sollte er allerdings länger hierbleiben wollen, so musste ich seine Geschichte hören, um mir selbst ein Urteil bilden zu können.

Als ich die Lobby betrat, huschte ein Hotelmitarbeiter an mir vorbei. „Entschuldigung?“, rief ich ihm hinterher, woraufhin er stehenblieb und sich mir zuwandte.

„Ja bitte?“

„Gibt es die Möglichkeit noch einen kleinen Snack zu bekommen, ehe ich ins Bett gehe?“, fragte ich lächelnd.

Überrascht schaute er mich an. „Nun ja, die Küche hat schon geschlossen, aber ich denke, ich könnte Ihnen etwas Obst besorgen.“

„Das wäre wirklich wunderbar“, bedankte ich mich. Obst war besser als nichts. Er bedeutete mir, ihm zu folgen und kurze Zeit später erreichten wir die Küche, wo er das Licht einschaltete.

„Bitte warten Sie hier“, wies er mich an, dabei war mir durchaus klar, dass ich aus Hygienegründen dort nichts verloren hatte. Hoffentlich bekam er meinetwegen keinen Ärger! Bald darauf kehrte er mit einer kleinen Schüssel mit Früchten zurück.

„Vielen lieben Dank!“, meinte ich freudig, als er sie mir überreichte.

„Nicht der Rede wert“, winkte er ab. „Kann ich sonst noch etwas für Sie tun?“

„Nein, danke.“ Umständlich kramte ich mit einer Hand in meiner Tasche, was gar nicht so leicht war, um mein Portemonnaie hervorzuholen. Der Mann hatte sich ein Trinkgeld redlich verdient.

„Ich habe gerade nicht viel Kleingeld“, entschuldigte ich mich, als ich ihm eine Münze in die Hand drückte. Daraufhin schenkte er mir ein Lächeln, bedankte sich und ging. Nun musste ich nur noch ungesehen zurück in den Wellnessbereich gelangen. Auf leisen Sohlen pirschte ich mich wieder an den Zugang heran, schaute mich um und entdeckte niemanden, der mir und meinem Vorhaben gefährlich werden könnte.

Theo saß auf der Couch, wo ich ihn zurückgelassen hatte und schreckte von seinem Buch hoch, als ich mich näherte. Offenbar hatte er sich gewaschen, denn seine Haut wirkte viel frischer als vorhin. Ich reckte den Hals, um zu erkennen, was er las. Doch ohne Erfolg.

„Du bist zurückgekommen“, stellte er leise fest.

„Natürlich!“ Ehe sich Entrüstung in mir breitmachen konnte, ging mir auf, dass er oft genug hängengelassen worden sein könnte und so hielt ich mich zurück.

„Ich habe dir etwas zu Essen mitgebracht. Es ist nicht viel, aber das Einzige, was ich um diese Uhrzeit auftreiben konnte.“ Sogleich stellte ich die Schale auf dem Tisch vor ihm ab. „Brauchst du noch etwas?“

„Nein. Geh ruhig. Morgen früh, werde ich verschwunden sein, damit niemand etwas bemerkt“, erklärte er.

„Wenn du keinen anderen Platz zum Schlafen findest, dann komm morgen Abend wieder hierher“, forderte ich eindringlich. Ich konnte nicht guten Gewissens in meinem Bett liegen, während ich wusste, dass er keinen warmen Schlafplatz hatte. Er schenkte mir ein kleines Lächeln und winkte mich hinaus. Widerwillig nahm ich die Treppe nach oben, denn dort bestand weniger Gefahr, dass mich jemand entdeckte.

Kapitel 12

Adrian

Es war, als würde das Schicksal mir eine zweite Chance gewähren. So jedenfalls sah ich unser zufälliges Zusammentreffen. Dass Rika in einem unbeobachteten Moment einfach verschwunden war, wurmte mich zwar, dennoch konnte ich es nachvollziehen. Immerhin war mein früheres Verhalten ihr gegenüber nicht gerade gentlemanlike gewesen. Und dabei sprach ich nicht von unseren endlosen Gesprächen, den wunderbaren Küssen und den Wohlfühlmomenten, wenn wir zusammen waren. Sie war die erste Frau seit Jahren gewesen, die mein Herz zum Schmelzen brachte. Rika war diejenige, mit der ich mir eine feste Beziehung hätte vorstellen können … bis mein Vater Wind davon bekam.

Ich schämte mich dafür, dass ich mich von ihm so unter Druck hatte setzen lassen, heute war ich schlauer. In meinem Kopf arbeitete es bereits, denn nun galt es, sein Druckmittel so schnell wie möglich loszuwerden. Daran dachte ich schon länger, doch erst jetzt, nach diesem sehr erfolgreichen Jahr unserer Firma, ließ es sich umsetzen. Nun war ich in der Lage mich freizukaufen. Ob ich meinen Vater danach jemals wiedersehen wollte, wusste ich jetzt noch nicht. Im Moment sah ich ihn jedenfalls am liebsten von hinten.

Doch ein Unsicherheitsfaktor blieb: Konnte mein Vater Rika wirklich schaden? Dazu müsste ich ihr endlich die Wahrheit sagen, warum ich mich damals zurückgezogen hatte. Allerdings tat sie gerade alles, um mir aus dem Weg zu gehen. Schon wenn sie mich von weitem sah, machte sie kehrt und lief in eine andere Richtung, dabei war sie gerade erst angekommen. Mir blieben nur noch wenige Tage, denn mein Gefühl sagte mir, dass der Zug endgültig abgefahren wäre, sollte ich während ihres Aufenthaltes nicht alles klären.

Kai riss mich aus meinen Gedanken, indem er mir im Vorbeigehen auf die Schulter klopfte. „Kannst du morgen früh mit Alex noch einmal die Beleuchtung prüfen? Ich hatte vorhin den Eindruck, dass es da eine Störung gab.“

„Natürlich, kein Problem. Ich habe dir meine Hilfe doch zugesagt“, erwiderte ich. Sein forschender Blick glitt über mich und ich tat mein Bestes, um eine unbeteiligte Miene aufzusetzen. Schließlich zog er einen Mundwinkel hoch.

„Du siehst genauso aus wie ich, wenn ich über einem Problem grübele. Komm ich spendiere dir ein Bier. Außerdem leihe ich dir ein offenes Ohr, wenn du magst."

Bereitwillig ließ ich mich mitziehen, da ich sowieso nichts anders vorhatte. Doch statt in die Bar zu gehen, womit ich eigentlich gerechnet hatte, führte er mich in seine privaten Räume. Seine Frau Iris war heute Abend pünktlich zu ihrem Dienst an der Rezeption angetreten und meine Cousine Nele war mir noch gar nicht über den Weg gelaufen. Sie hielt auch nicht allzu viel vom Schlossleben, wie mir mein Onkel seufzend erklärt hatte und war auf der Suche nach einer eigenen Wohnung in Dresden.

„Komm rein. Hier haben wir unsere Ruhe und es hört auch niemand mit, falls du dein Herz erleichtern möchtest." Sorgfältig schloss er die Tür hinter uns und ging in die Küche. Ich hörte, wie sich die Kühlschranktür öffnete und schloss. Kurz darauf kehrte er mit zwei Flaschen Bier zu mir zurück und ließ sich mir gegenüber auf der Couch nieder. Dann prostete er mir zu. „Du bist wirklich ein Glücksfall für uns", seufzte er. „Gerade jetzt muss René ausfallen. Wie gut, dass du dich ein wenig mit Elektro auskennst."

„Sonst hätte dir ein Handwerker aus dem Ort geholfen“, erwiderte ich lächelnd. Es war kaum zu glauben, dass er und mein Vater wirklich Brüder sein sollten. So grundverschieden, nicht nur charakterlich, sondern auch äußerlich und im Umgang mit Menschen. Wann hatte ich jemals so mit meinem Vater zusammengesessen? Wann hatte er sich je nach meinen Problemen erkundigt? Daran konnte ich mich beim besten Willen nicht entsinnen, denn so etwas wie Empathie schien ein Fremdwort für ihn zu sein.

Eine Weile saßen wir schweigend beieinander, bis ich die Stille zwischen uns nicht mehr ertrug. „Es geht um eine Frau“, platzte es aus mir heraus.

„Das ist nicht überraschend“, gab Kai grinsend zurück. „Entweder ist es Geld, die Arbeit oder eine Frau.“

„Ich habe wirklich Mist gebaut“, gestand ich. „Rika ist etwas Besonderes, das habe ich sofort gespürt. Und wenn mein Vater nicht gewesen wäre … Wer weiß, ob ich heute überhaupt hier wäre.“ Aufgewühlt nahm ich noch einen Schluck von meinem Bier.

„Was hat er nun wieder angerichtet?“, fragte Kai mit zusammengezogenen Augenbrauen. „Hat er sie etwa angegraben? Oder rausgeekelt durch seine herzliche Art?“

„Weder noch. Sie arbeitet für ihn, was ich aber zu der Zeit nicht wusste und er hat gedroht, ihr Leben zu ruinieren, wenn ich mich nicht von ihr fernhalte, da sie nicht standesgemäß wäre. Um sie zu schützen, habe ich mich komplett zurückgezogen. Es war nicht leicht für mich und als sie heute auf einmal hier vor mir stand, kam alles wieder hoch. Ich habe bemerkt, dass ich sie nie vergessen habe.“ Dass es dabei auch um Geld gegangen war, verschwieg ich erst einmal, da ich mich entsetzlich dafür schämte.

„Dann mein lieber Neffe, solltest du die Zeit und die Chance, die sich dir hier bietet nutzen, um es ihr zu erklären“, meinte Kai grinsend und lehnte sich gemütlich zurück. „Wenn sie wirklich die Eine für dich ist, dann solltest du alles in deiner Macht Stehende tun, um sie dir zurückzuholen.“

„Das ist der Plan! Ich muss mir nur noch überlegen, wie ich das anstelle“, erwiderte ich nachdenklich.

Als ich einige Zeit später die privaten Räume von Kai verließ und auf mein Zimmer zurückkehren wollte, entdeckte ich Rika, die sich förmlich durch die Lobby schlich, ehe sie im Aufzug verschwand. Was machte sie denn um die Uhrzeit hier unten? Sie war allein gewesen, also war es nicht naheliegend, dass sie mit ihren Freundinnen unterwegs gewesen war. Die Gastronomie hier oben auf dem Schloss hatte bereits geschlossen. War sie nur frische Luft schnappen? Verwirrt schüttelte ich den Kopf und begab mich zur Treppe, um in den zweiten Stock zu gelangen.

Kapitel 13

Rika

Es war ein Wunder, dass ich überhaupt geschlafen hatte, denn meine Gedanken hielten mich fortwährend auf Trab. Als ich aufs Zimmer gekommen war, schlummerte Lexi bereits, sodass ich nicht noch einmal mit ihr reden konnte. Ruhelos starrte ich im Dunklen an die Decke, während meine Gedanken nicht nur um Adrian, sondern auch um Theo kreisten. Ob es ihm gelang, am Morgen verschwunden zu sein?

Darüber musste ich dann doch eingeschlafen sein, denn ich erwachte, als Tageslicht ins Zimmer drang. Damit war es schon spät, sodass wir uns bestimmt beeilen mussten, wenn wir noch zum Frühstücken in den Speisesaal wollten. Doch als ich auf die Uhr schaute, bemerkte ich, dass mich mein Gefühl trog. Es war erst halb neun, also hatten wir noch reichlich Zeit, um hinunterzugehen.

Lexi schnarchte noch leise vor sich hin, weshalb ich direkt ins Bad ging, um die Zeit zu nutzen, damit wir uns nicht ins Gehege kamen. Bestimmt waren die anderen Mädels ebenfalls noch nicht wach, wie ich lächelnd überlegte. Immerhin waren sie es nicht mehr gewohnt, Alkohol zu trinken und spät ins Bett zu gehen. Obwohl, wenn ich länger darüber nachdachte, so kannten sie kurze Nächte durch ihre Kinder. Dennoch war das hier etwas Anderes, oder?

Leise schlüpfte ich in meine Kleidung, während ich vor mich hin summte. Was Theo jetzt wohl machte?

„Hey, du bist ja schon wach“, ertönte Lexi hinter mir, woraufhin mir ein leiser Schrei entfuhr. Mein Herzschlag jagte kurz in die Höhe, nur um sich kurz darauf wieder zu senken.

„Mensch Lexi, du hast mich ganz schön erschreckt!“, maulte ich, während sie in Lachen ausbrach.

„Woher soll ich denn wissen, dass du noch nicht ganz da bist?“, verteidigte sie sich.

„Na, weil du meine beste Freundin bist und weißt, dass ohne Kaffee bei mir nichts geht?“, erwiderte ich lachend. Obwohl ich wenig geschlafen hatte, fühlte ich mich auch ohne mein Koffein heute seltsam wach. So hatte ich mich schon lange nicht mehr gefühlt!

Trotzdem sehnte ich mich nach meinem schwarzen Muntermacher.

„Magst du mit mir frühstücken gehen?“, erkundigte ich mich.

„Gib mir ein paar Minuten, dann können wir los“, stimmte Lexi mir zu. „Vielleicht sind die anderen auch schon munter. Schick ihnen doch mal eine Nachricht.“ Damit verschwand sie im Bad, während ich mein Smartphone zückte und einen Morgengruß in die Gruppe schickte. Schon bald darauf bekam ich Antworten. Es sah danach aus, als könnten wir gemeinsam frühstücken.

Ich trat ans Fenster und sah hinaus, denn gestern Abend war es zu dämmerig gewesen, um den Ausblick zu genießen. Es musste kalt sein, denn Raureif bedeckte immer noch die Dächer und die umliegende Natur und gab so eine Vorschau auf den bevorstehenden Winter. Die Sonne stand schon an einem winterblauen Himmel und ließ den Reif glitzern wie Millionen winziger Diamantsplitter. Zufrieden seufzte ich auf.

„Was gibt es denn dort so tolles zu sehen?“, erkundigte sich Lexi, die vollständig angezogen hinter mir aufgetaucht war.

„Schau doch selbst, wie die Sonne die Umgebung in ein wundervolles Vorwinterland verzaubert“, gab ich lächelnd zurück. „Bitte lass es nicht zur Gewohnheit werden, dich von hinten an mich anzuschleichen, sonst wachsen mir noch mehr graue Haare“, beschwerte ich mich dann gespielt bei ihr.

„Ich schleiche nicht. Was kann ich dafür, dass du ständig zu träumen scheinst?“, spielte Lexi das Spielchen mit.

„Hey, ich bin kein Träumerle!“

„Nein, normalerweise nicht“, pflichtete Lexi mir bei und wurde mit einem Mal ernst. „Aber diese Jahreszeit lässt dich oftmals in ein dunkles Loch fallen. Das weißt du ebenso gut wie ich. Du musst darüber hinwegkommen, notfalls mit professioneller Hilfe.“

„Ich weiß, dass ich es hinter mir lassen sollte. Und vielleicht hätte ich das schon, wenn meine Eltern nicht passend zur selben Jahreszeit krank geworden wären“, seufzte ich. „Es sollte doch eine Zeit der Freude und nicht der Verluste sein“, fügte ich leise hinzu.

„Da hast du recht! Also tun wir an diesem Wochenende alles dafür, dass du deinen Kummer vergisst!“ In diesem Moment klopfte es an der Tür und wir vernahmen die munteren Stimmen der anderen. Lexi riss die Zimmertür auf und trat in den Gang. „Nun komm schon, Rika!“, forderte sie mich auf. Das ließ ich mir nicht zweimal sagen, immerhin war ich schon seit geraumer Zeit fertig.

Als wir in der Lobby aus dem Aufzug traten, fiel mein Blick als erstes ausgerechnet auf Adrian, der mit einem anderen Mann in Arbeitskleidung auf dem Weg hinaus war. Sie schienen rege über etwas zu diskutieren, sodass er mich offenbar nicht bemerkte. Erleichtert ließ ich die Luft aus meinen Lungen entweichen, dabei hatte ich nicht einmal bemerkt, dass ich sie angehalten hatte.

Zielstrebig steuerte ich sogleich den Gastronomiebereich an, ehe er vielleicht wieder auftauchte. Schließlich hatte ich beschlossen, ihm aus dem Weg zu gehen!

Beim Frühstücken kamen wir überein, dass wir uns tagsüber die Gegend anschauen wollten, was mir durchaus gelegen kam. Immerhin konnte ich so ohne Probleme ein Aufeinandertreffen mit Adrian vermeiden.

Eine Stunde später, nachdem wir uns bei einem ausgiebigen Frühstück gestärkt hatten, machten wir uns auf den Weg. Wir nutzten die versteckt liegende Treppe, welche vom Innenhof in Richtung Tal führte. Gott sei Dank war hier gestreut worden, sodass der Abstieg über die ausgetretenen Stufen kein zusätzliches Risiko darstellte, denn die unterschiedliche Höhe war an sich bereits eine Herausforderung.

Wir folgten dem schmalen Wanderpfad bis wir im umliegenden Wald auf einen breiteren Weg stießen, der direkt einen Wegweiser für uns parat hielt. Während die anderen ziemlich laut darüber diskutierten, welchen der Wege wir nehmen sollten, schaute ich mich um. In einiger Entfernung sah ich ein Eichhörnchen zu einem

Baum huschen, scheinbar irritiert und gestört durch den Haufen gackernder Hühner in Menschengestalt.

„Hey, ihr seid hier im Wald. Kommt mal ein wenig runter. Wir verschrecken alle Tiere“, wies ich meine Mädels zurecht. „Es kann doch nicht so schwer sein, einen Weg auszusuchen. Also, was wollt ihr sehen? Nur Natur oder auch das Dorf?“

Auf einmal wurden wir uns schnell einig, dass wir beides gerne hätten und machten uns auf den Rundwanderweg, welcher im Dorf enden würde. Fünf Kilometer dürften ja nicht ewig dauern. Da hatte ich auf jeden Fall falsch gedacht. Statt in einer Stunde im Dorf zu sein, benötigten wir fast zweieinhalb. Das war eben unsere Mädelszeit. Ständig blieben wir stehen, wiesen uns auf besonders schöne Ecken hin und schossen Fotos. Kein Wunder, dass wir nicht vorankamen! Außerdem brauchte immer irgendjemand eine Pause, wie ich schlussendlich fassungslos feststellte. Allein würde ich längst durch das malerische Dorf schlendern und die engen Gassen sowie die Kopfsteinplasterstraßen erkunden. Gut, dass wir uns nicht für den langen Weg entschieden hatten, sonst wären wir mit Sicherheit nicht vor der Dunkelheit irgendwo angekommen!

Endlich traten wir aus dem Wald auf die Straße, welche in den Ort führte. Er war wirklich nicht mehr als ein Dorf mit einer malerischen Kirche und schnuckeligen Häuschen, welche allerdings mit viel Liebe renoviert und restauriert worden waren, um das Dorf zu einem Hingucker zu machen. Im Außenbereich erkannte ich einige größere Gehöfte, während sich im Ortskern Geschäfte und Wohnhäuser rund um die Kirche ansiedelten. Ich entdeckte Gaststätten, einen Dorfladen, Pensionen und vieles mehr. Die Straßen waren bereits weihnachtlich geschmückt und soweit ich es richtig verstanden hatte, würde mit dem Start des Schlossweihnachtsmarktes auch hier im Dorf die Beleuchtung erstrahlen. Ich war schon wahnsinnig gespannt. In dem kleinen Spielzeugladen schien im Schaufenster die Zeit stehengeblieben zu sein. Altes Spielzeug war liebevoll zu einer Szenerie drapiert worden, sodass ich mich um Jahrzehnte zurückversetzt fühlte.

„Wow, es ist wunderschön hier“, flüsterte Lexi neben mir ergriffen. „Die Umgebung, das Schlosshotel, dieses Dorf …“

„Ich verstehe genau, was du meinst“, gab ich leise zurück. Innerer Friede ergriff von mir Besitz und ich fühlte mich so wohl, wie schon lange nicht mehr. Vergessen waren mein Kummer, der Arbeitsstress oder Adrian. Selbst die anderen Mädels, die nicht dermaßen auf Weihnachten versessen waren wie wir, sahen sich mit großen Augen um und schwiegen überwältigt.

„Ich bin wirklich froh, dass du diese Unterkunft entdeckt hast“, raunte ich Lexi zu.

„Wir hatten Glück, dass kurz vorher eine andere Gruppe abgesagt hat, sodass wir die Zimmer übernehmen konnten“, verriet sie mir.

„Das war Schicksal“, kommentierte Lilli daraufhin, die offenbar unser Gespräch mitbekommen hatte. Die anderen stimmten da gern zu.

„Ich bin schon sehr gespannt auf den Weihnachtsmarkt“, meinte Nadja. „Wenn hier bei Tag schon alles so idyllisch wirkt, wie ist es dann erst in der Dunkelheit?“

Das würden wir in Kürze selbst sehen, denn die Sonne warf bereits längere Schatten und bald würde sie vollständig hinter den Hügeln verschwinden. Wir gönnten uns trotzdem eine kurze Pause im Café Auszeit, ehe wir uns in der heraufbrechenden Dämmerung auf den Weg zurück zum Schloss machten.

Kapitel 14

Adrian

Heute Morgen sah ich Rika nur kurz von weitem, als sie aus dem Aufzug stieg. Mein Herz beschleunigte sogleich seine Schläge und nur zu gern wäre ich hinübergegangen, um sie zu begrüßen. Doch meine Diskussion mit Alex war in vollem Gange. Irgendetwas stimmte mit der Elektrik nicht und bis heute Abend mussten wir herausgefunden haben, woran es lag. Folglich gingen wir lieber sofort an die Arbeit, damit auch nichts schieflaufen konnte. Statt also mein Glück bei Rika zu versuchen, hing ich bei Alex fest und half ihm dabei, noch einmal sämtliche Verkabelungen zu überprüfen bis wir den Stecker mit dem Wackelkontakt identifiziert und ausgetauscht hatten. Nebenbei hatte ich bemerkt, dass Rika und ihre Freundinnen sich gegen

Mittag über die Treppe verabschiedet hatten. Somit waren sie nicht gezwungen gewesen, an mir oder auch den anderen Arbeitern vorbeizulaufen. Wobei es wohl eher an meiner Anwesenheit lag, wie ich vermutete. Seufzend widmete ich mich wieder meiner Arbeit und nahm mir vor, sie später abzufangen.

„Hey Adrian, wie weit seid ihr?“, riss Kai mich aus meinen Gedanken.

„Kai! Du solltest Alex danach fragen, er ist hier der Elektriker“, gab ich grinsend zurück.

„Der ist gerade nicht hier, also frage ich dich.“

„Wir haben einen defekten Stecker gefunden und ausgetauscht, aber zur Sicherheit prüfen wir alles“, erklärte ich geduldig.

„Das ist gut.“ Kai sah sich um. „Und? Hast du deine Freundin heute schon gesehen?“

„Nur von weitem“, gab ich leise zurück. „Sie ist mit ihren Freundinnen unterwegs. Vielleicht habe ich nachher die Gelegenheit sie zu sprechen.“

„Ich drücke dir die Daumen. Heute Abend möchte ich dich dann auch nicht arbeiten sehen, damit das klar ist“, erklärte er mir eindringlich. „Schließlich sollst du deinen Aufenthalt hier auch ein wenig genießen.“

„Zu Befehl, Chef“, gab ich grinsend zurück. In diesem Moment kehrte Alex zurück und unser Gespräch war vorüber. Schließlich mussten wir hier fertig werden. Ehe die Dämmerung hereinbrach, waren wir mit allem fertig … buchstäblich in der letzten Minute. Sobald die Sonne hinter den Sandsteinfelsen verschwunden war, wurde es merklich kälter und die Dunkelheit brach herein. Doch Rika und ihre Freundinnen waren noch nicht zurück. Das hätte ich mit Sicherheit bemerkt. Wo waren sie? Noch im Dorf unterwegs oder gar im Wald? Unruhe ergriff von mir Besitz, während alle möglichen oder unmöglichen Szenarien in meinen Gedanken Gestalt annahmen. Ja okay, in einigen Fällen ging gerade die Fantasie mit mir durch, aber dennoch machte ich mir Sorgen. Es war etwas Anderes, wenn ich zu Hause saß und sie nicht vor Augen hatte. Da konnte ich mir immer gut einreden, dass sie in Sicherheit wäre. Hier gelang es mir mitnichten.

Welch großer Felsbrocken mir vom Herzen fiel, als ich wahrnahm, dass sie soeben durch die Unterführung den Innenhof betraten! Ich war so was von am Arsch. Total in eine Frau verschossen, die mich derzeit nicht wollte. Ob ich ihr Herz je für mich gewinnen konnte?

Ich beschloss noch ein wenig zu warten, eine Runde im Pool zu drehen und nach einer ausgiebigen Dusche mein Glück zu versuchen. Wie ein Besessener zog ich meine Bahnen, damit sich mein innerer Aufruhr endlich beruhigte. Damit hatte ich zumindest so lange Erfolg, bis ich an Rika dachte. *So nah und doch so fern,* dachte ich, während ich mich abtrocknete und in den Bademantel schlüpfte, den ich mit in den Poolbereich gebracht hatte.

Langsam würden sich nun die Gäste im Innenhof versammeln und darauf warten, dass die Weihnachtsbeleuchtung angestellt wurde, um den Markt zu eröffnen. Auf einmal erfasste mich Vorfreude auf das kommende Fest und Zuversicht ergriff von mir Besitz. Vielleicht würde doch noch alles gutwerden!

So schnell wie möglich begab ich mich auf mein Zimmer, kleidete mich an und eilte wieder hinunter. Gerade noch rechtzeitig, denn mein Onkel beendete gerade seine kurze Rede und gab das Zeichen zum Starten. Nacheinander entflammten nun hunderte, wenn nicht gar tausende kleiner LED-Birnchen und hüllten den Innenhof in warmes, einladendes Licht. Ein Raunen und ein Klatschen ging durch die versammelte Menschenmenge, ehe sie sich an den Hütten verteilten, um sich die angebotenen Waren anzuschauen.

Der Geruch von Zimt, Waffeln und Glühwein hing in der Luft. Suchend sah ich mich um. Wo waren die Frauen? Dann klang ein fröhliches Lachen an mein Ohr, welches ich garantiert überall wiedererkannt hätte. Ich folgte dem Klang und als ich bei einem Glühweinstand ankam, entdeckte ich Rika und Lexi, die sich gerade mit einem Becher zuprosteten. Ihre Wangen waren gerötet und ihr blondes Haar lugte unter einer Mütze hervor. Noch immer konnte ich mich an die seidige Fülle erinnern, wenn ich es nur ansah. Als sich unsere Blicke trafen, erlosch ihr Lachen. Sogleich drehte Lexi sich suchend um, wahrscheinlich, um den Grund zu erfahren.

Als sie mich entdeckte, lächelte sie und winkte mich zu sich. Unschlüssig blieb ich stehen. Mensch, was war nur mit mir los? Im Geschäftsleben traf ich jeden Tag Entscheidungen und ging auf Menschen zu. Das war doch nicht so schwer. Wenn es um Rika ging, allerdings schon, erinnerte ich mich, denn hier hatte ich das Gefühl, dass mein weiteres Leben mit ihr verknüpft sein könnte. Schließlich gab ich mir einen Ruck, da ich beide kannte und schlenderte zu ihnen hinüber. Wenigstens waren sie im Moment nur zu zweit, sodass ich mich nur auf sie konzentrieren musste. Ich fühlte mich gerade wie ein 16jähriger, der nicht weiß, wie er seinen heimlichen Schwarm ansprechen sollte. Totales Neuland für mich!

„Hey Adrian!“, begrüßte Lexi mich freudig, während Rika lediglich ein wackliges Lächeln zustande brachte.

„Hey Lexi, hey Rika“, gab ich lächelnd zurück. Es konnte ja nicht schaden, meine Unsicherheit bestmöglich zu verbergen. „Gefällt euch der Weihnachtsmarkt?“

„Er ist traumhaft“, schwärmte Lexi. „So gemütlich und trotzdem festlich. Das habt ihr wirklich toll hinbekommen.“

„Ich habe nur dabei mitgeholfen, aufzubauen", wehrte ich ab. „Geplant haben das Ganze mein Onkel und meine Tante." Rika schwieg nach wie vor. Hin und wieder nippte sie an ihrem Glühwein, ohne sich aktiv an dem Gespräch zu beteiligen. Sie machte eher den Eindruck, als wäre sie tief in ihre Gedanken versunken. Immer wieder warf ich ihr verstohlene Blicke zu, versuchte aus ihr schlau zu werden und hoffte außerdem, dass Lexi nichts bemerkte. Diese leerte soeben ihren Becher und ich sah meine Chance gekommen, selbst etwas Alkoholisches zu mir zu nehmen.

„Möchtet ihr noch einen Glühwein?", erkundigte ich mich, woraufhin Lexi direkt zustimmte, während Rika mich ignorierte.

„Bring ihr einfach einen mit", raunte Lexi mir zu.

„Ist gut." Damit drehte ich mich um und reihte mich geduldig in die Reihe der Wartenden ein. Nun konnte ich endlich etwas Luft holen, denn jede Begegnung mit Rika raubte mir den Atem. Vor mir stand eine junge Frau und auch hinter dem Tresen fiel mein Blick auf eine attraktive Brünette. Viel zu jung für mich, dennoch baute mich ihr warmes Lächeln ein wenig auf. Es war halt gut fürs Selbstwertgefühl, gerade jetzt, wo Rika nichts von mir wissen wollte. War ich wirklich schon so tief gesunken oder dermaßen verzweifelt? Eindeutig ja, denn ich schenkte der Rothaarigen vor mir ein strahlendes Lächeln, als sie sich umdrehte, um zu gehen.

„Hoppla, schöner Mann“, säuselte sie. „Lässt du mich vorbei?“

„Nur sehr ungern“, gab ich lachend zurück und sah ihr tief in die Augen.

„Vielleicht sehen wir uns später noch einmal“, raunte sie mir zu, ehe sie verschwand. Kopfschüttelnd sah ich ihr kurz hinterher, wobei mein Blick zu Rika glitt, die mich mit zusammengekniffenen Augen beobachtete. Schulterzuckend wandte ich mich wieder um, um meine eigene Bestellung aufzugeben. Die Brünette flirtete eindeutig mit mir und ich ging oberflächlich darauf ein. Vielleicht musste ich Rika einfach nur zeigen, was ihr entging.

„Mit Schuss?“, fragte die junge Frau.

„In diesen Becher auf jeden Fall“, erklärte ich und deutete auf den, der sich im Muster von den anderen unterschied. Ich brauchte jetzt etwas Stärkeres, wenn ich den Abend heil überstehen wollte. Lächelnd gab sie einen ordentlichen Schuss hinein.

„Komm bald wieder“, meinte sie, nachdem ich die Getränke bezahlt hatte. Grinsend verabschiedete ich mich, um zu den Mädels zurückzukehren.

Kapitel 15

Rika

„Mensch Rika, jetzt schau doch nicht so", schimpfte Lexi leise, als ich Adrian zähneknirschend beim Flirten beobachtete. „Was erwartest du denn von ihm? Schließlich ignorierst du ihn die ganze Zeit. Er wird bestimmt nicht ewig darauf warten, dass du dich zu deinen Gefühlen bekennst."

„Wer sagt denn, dass ich wirklich noch welche für ihn habe?", entgegnete ich scharf.

„Du selbst. Du magst es vielleicht nicht so deutlich gesagt haben, aber dein Verhalten spricht Bände. Vielleicht erinnerst du dich daran, dass ich bereits seit ewigen Zeiten deine beste Freundin bin? Wer sollte dich denn besser kennen?" Daraufhin schloss sie mich kurz in ihre Arme, um mich zu drücken.

„Ich habe wirklich Angst davor, dass er mir erneut das Herz bricht“, gab ich leise zu. „Keine Ahnung, ob ich das noch einmal überstehen würde.“

„Tja, wenn du mich fragst, gehört schon etwas Mut dazu, das herauszufinden. Die Frage ist, bist du mutig genug? An Adrians Stelle wüsste ich auch nicht, wie ich mit dir umgehen sollte.“

Seit wann war Lexi auf seiner Seite? Ich brauchte ihren Zuspruch, denn allein Adrians Anwesenheit brachte meine Gefühle ordentlich in Aufruhr. Einerseits hasste ich ihn dafür, dass er mich einfach hatte stehenlassen und andererseits würde ich nichts lieber tun, als mich einfach in seine Arme zu werfen, um die alte Vertrautheit zwischen uns wieder aufleben zu lassen.

Nun kam er zu uns zurück und die Schmetterlinge in meinem Bauch schlugen vor Begeisterung wahre Purzelbäume. Na, das konnte ja heiter werden. Lächelnd reichte er jeder von uns einen Becher und hob seinen zum Anstoßen.

„Auf zufällige Begegnungen“, meinte er, als unsere Becher in der Mitte zusammenstießen. Adrian suchte meinen Blick und ich versank förmlich in den blauen Tiefen. Verwirrt starrte ich ihn an … bis er schließlich losließ.

„Und? Was habt ihr schönes unternommen, während ich einen Fehler in der Elektrik gesucht habe?", wollte er wissen. Ich brachte noch immer kein Wort heraus, während Lexi sogleich von unserem Ausflug zu schwärmen begann.

„Ach, im Dorf dürften nun auch die Lichter leuchten", erklärte Adrian. „Zwischen den Hütten auf der Zufahrtsstraße könnt ihr beispielsweise einen Blick darauf werfen."

„Oh, das müssen wir uns unbedingt ansehen!", rief Lexi. „Möchtest du mitkommen, Adrian?" Unwillkürlich zuckte ich zusammen.

„Ich komme gleich nach. Da vorn gibt es einen Stand, wo ich ein Geschenk für eine Freundin kaufen möchte", erwiderte er. „Geht ihr ruhig schon vor. Ich finde euch bestimmt."

Ein Geschenk für eine Freundin? Welche Freundin? Nur eine Freundin oder eine besondere Freundin? Ah, warum tat er so etwas? Erst das Flirten und nun diese Erklärung! Dieser Mann machte mich wahnsinnig! Ein Stich Eifersucht erfüllte mein Herz, obwohl ich keinerlei Ansprüche auf ihn hatte. Aber es tat weh, ihn sich mit einer anderen vorzustellen.

„Komm schon!", forderte Lexi mich auf, nahm meine Hand und führte mich zwischen den einzelnen Ständen hindurch. Ihre neugierigen und zugleich wissenden Blicke ignorierte ich. „Du bist sehr still", stellte sie schließlich fest, als wir das Ende der Hütten auf der Straße erreicht hatten.

„Ich muss nachdenken“, gab ich leise zurück und biss mir auf die Unterlippe. Gemeinsam standen wir an der Mauer, die die Zufahrtsstraße begrenzte und schauten in das Tal hinab, wo wirklich das Dorf in einem Lichterglanz erstrahlte.

„Stell dir vor, wenn jetzt noch Schnee liegen würde!“ Lexi steckte mich ein wenig mit ihrer Begeisterung an.

„Es sieht aus, wie gemalt“, gab ich ergriffen zurück. In der Tat wirkte das Dorf wie aus einem Miniaturwunderland und ich erwartete jeden Moment, dass sich wie durch Zauberhand eine leichte Schneedecke darauflegte. Wenn ich schnupperte, so lag eindeutig der Geruch nach Schnee in der Luft. Er war unverwechselbar. Hoffentlich schneite es, ehe wir heimfuhren, denn ich konnte es kaum erwarten, alles unter einer weichen, weißen Decke zu sehen.

Nachdem wir einige Zeit die Aussicht genossen hatten, schlenderten wir zu den Hütten, um uns ein wenig umzusehen. Adrian war nicht wieder aufgetaucht, doch Lexi sorgte dafür, dass ich mir keine großen Gedanken darüber machen konnte. Immer wieder machte sie mich auf Kleinigkeiten aufmerksam, die ich ohne sie wohl nicht entdeckt hätte. So kaufte ich bereits jetzt das ein oder andere Weihnachtsgeschenk für meine Lieben daheim – obwohl wir morgen noch nach Dresden zum Strietzelmarkt fahren würden, worauf ich mich schon wahnsinnig freute.

An einem Stand deckten wir uns mit gebrannten Mandeln ein, die wir auf jedem Weihnachtsmarkt kauften, ehe wir uns noch einen Becher Glühwein genehmigten. Mittlerweile waren auch die anderen Mädels wieder zu uns gestoßen, sodass wir den Abend gemütlich ausklingen lassen konnten.

Kapitel 16

Adrian

Mir lief die Zeit davon, wenn ich wirklich an diesem Wochenende die Differenzen mit Rika beseitigen wollte. Im Grunde blieb mir nur noch morgen. Und da wollten die Mädels nach Dresden, wie ich erfahren hatte. Frustriert fuhr ich mir mit der Hand übers Gesicht und beobachtete die Clique von weitem. Heute hielt ich mich jedoch zurück. Es brachte nichts, ohne einen Plan an die Sache heranzugehen, dazu blockte Rika mich zu vehement ab.

Ich kaufte diese hübsche Schneekugel, die ich im Vorübergehen an einem Stand entdeckt hatte und besorgte mir noch etwas zu trinken. Das Geschenk war für Rika, auch wenn ich es ihr natürlich nicht auf die Nase gebunden hatte. Schließlich wandte ich mich ab, brachte den Glühweinbecher zurück zum Stand und verließ den Weihnachtsmarkt mit seinen Lichtern und verlockenden Gerüchen.

„Und? Hattest du Erfolg?“ Kai tauchte neben mir auf. Ich stieß einen Seufzer aus und schüttelte mit dem Kopf.

„Nein. Sie ignoriert mich fast komplett. Langsam weiß ich nicht mehr, wie ich an sie herankommen soll. Immer ist jemand bei ihr und so kann ich nicht unter vier Augen mit ihr reden“, erklärte ich gefrustet und niedergeschlagen.

„Du brauchst also nur eine Gelegenheit, um mit ihr allein zu sein? Mehr nicht?“, vergewisserte sich Kai. In seinen Augen stand ein Glanz, welchen ich nicht zuordnen konnte. Was hatte er vor?

„Das würde mir zumindest eine Chance darauf verschaffen, dass sie mir zuhört“, erwiderte ich. „Wenn sie nicht ständig irgendwelche Ausflüchte hat, gelingt es mir vielleicht, an sie heranzukommen.“ Wobei ich nicht einmal wusste, ob ich eine zweite Chance verdient hatte.

„Vielleicht ergibt sich ja noch etwas“, meinte Kai. „Sag mal, kannst du morgen Abend vielleicht für mich als Weihnachtsmann einspringen?“, fragte er plötzlich. „Nele kommt überraschend nach Hause und dann müsste ich nicht ständig auf die Uhr gucken. Normalerweise spiele ich diesen nämlich“, fügte er grinsend hinzu, woraufhin ich ihn erst einmal gründlich musterte. Mit einem Weihnachtsmann hatte er so gar keine Ähnlichkeit, ebenso wenig wie ich.

„Okay, was muss ich machen?", willigte ich trotzdem direkt ein, da ich ihn nicht hängenlassen wollte. Immerhin kam seine Tochter heim und soweit ich das verstanden hatte, war da noch einiges zu klären. Sogleich erzählte er mir von einer alten Tradition, die er vor drei Jahren wiederaufleben lassen hatte, von dem Weihnachtsmann und seinem Engel, die in einer Kutsche zum Dorf hinunterfuhren und Süßigkeiten verteilten.

„Klingt nach einer guten Sache", stimmte ich zu. „Wann geht es los?"

„Morgen Abend um zwanzig Uhr. Sei einfach um halb acht unten, damit wir dich noch verkleiden können."

„Ich und Weihnachtsmann." Der Gedanke amüsierte mich und ließ mich einen Moment meine Probleme bezüglich Rika vergessen. Hey, es war kurz vor Weihnachten. In der Zeit der Wunder schien oft alles möglich zu sein. Warum nicht auch unsere Versöhnung? Mit einem Mal war ich wieder zuversichtlich, dass sie mir mein Verhalten irgendwann würde verzeihen können.

Es war schon spät, als ich mich schließlich von Kai verabschiedete. Die Lichter des Weihnachtsmarktes waren erloschen und so langsam kehrte Ruhe ein. Am nächsten Tag und dann jedes Wochenende bis Weihnachten würde es weitergehen. Touristen liebten den kleinen Markt und es gab einige Dörfer auf dem Weg nach Dresden, die sich uns angeschlossen hatten. Traditionelle Handwerkskunst traf auf Neumodisches, gleiches spiegelte sich bei den kulinarischen Genüssen wider. Diese Mischung machte unsere Gegend zu etwas Besonderem. Da war es wieder: Ich dachte schon wieder an alles mit einem Zugehörigkeitsgefühl, welches ich sonst nur zu Hause in Bezug auf Timo und die Firma verspürte.

Auf dem Weg zur Treppe nahm ich aus dem Augenwinkel eine Bewegung wahr. Na nu, das Spa war doch schon lange geschlossen. Was machte Rika dort? Vorsichtig hatte sie die Tür von innen geöffnet und sah sich um. Hinter der großen Topfpflanze nahm sie mich anscheinend nicht wahr, sodass sie den Eingang des Spas wieder verschloss und auf leisen Sohlen zum Aufzug huschte.

‚War sie heimlich schwimmen gewesen?' überlegte ich grinsend. Doch sie trug keine Tasche bei sich. *Vielleicht stand sie ja auf nacktbaden?* Kopfschüttelnd sah ich ihr hinterher, als sich die Aufzugtüren schlossen. Dann stieg ich selbst die Stufen zu meinem Zimmer empor. Als ich schließlich im Bett lag, war an Schlaf nicht zu denken, denn immer wieder schlich sich Rika in meine

Gedanken. Straßenlärm war nicht zu hören, dafür schien es, als würde dieses alte Gemäuer nachts lebendig werden, denn das Gebälk ächzte manchmal und immer wieder knisterte und raschelte es in den Wand- und Deckenverkleidungen. So langsam gewöhnte ich mich daran, dass die Mäuse sich nachts zu einer großen Party versammelten …

Kapitel 17

Rika

Wie schon am Abend zuvor ließ ich Theo durch die Tür im Spa herein, damit er einen warmen, trockenen Schlafplatz hatte. Auf meine Frage, was er den ganzen Tag so gemacht hatte, bekam ich lediglich eine einsilbige Antwort. Bestimmt war er müde, da es schon spät war. Er hätte längst weiterziehen können, doch er war geblieben. Ob das ein gutes Zeichen war?

Vielleicht konnte ich ihn doch noch dazu überreden, sich mit den Behörden auseinanderzusetzen oder zu seinen Eltern zurückzukehren, was in meinen Augen das Beste für ihn wäre. Er könnte sogar ein Dieb sein, dem ich Tür und Tor zum Hotel geöffnet hatte, doch seltsamerweise vertraute ich ihm und darauf, dass er nichts Falsches tun würde.

„Hey, wo warst du?“, erkundigte sich Lexi, als ich die Tür hinter mir schloss.

„Ich habe mir nur noch schnell ein Wasser aus dem Automaten geholt“, erklärte ich und hielt die Flasche, welche mein Alibi darstellte, hoch. Nicht einmal meiner besten Freundin hatte ich von Theo erzählt, schließlich wollte ich sie nicht mit hineinziehen, falls wir aufflogen.

„Hast du jetzt schon Brand?“, fragte sie amüsiert. „So viel Glühwein hast du doch gar nicht gehabt!“

„Sicher ist sicher“, meinte ich, während ich die Flasche auf den Nachtisch stellte und in Richtung Bad ging.

„Es war doch ein richtig schöner Abend.“ An der Badezimmertür blieb ich stehen und wandte mich um. In Lexis Augen glomm ein Funken, den ich nicht einsortieren konnte und ein amüsiertes Lächeln umspielte ihren Mund.

„Wie schön, dass du dich gut unterhalten hast“, erwiderte ich.

„Das habe ich, denn bei euch ist noch nicht alles verloren. Zwischen euch sprühen die Funken, auch wenn du es nicht wahrhaben willst. An deiner Stelle würde ich ihm eine Chance geben. Er ist einer von den Guten“, meinte sie ernst.

„Vielleicht.“ Mehr wollte ich dazu nicht sagen, denn Adrian war einfach ein rotes Tuch für mich. Jedes Mal, wenn wir uns über den Weg liefen, erinnerte ich mich an sein schäbiges Verhalten mir gegenüber. Ob ich das je vergessen würde? Im Grunde war ich nie nachtragend gewesen, deshalb war mir dieser Wesenszug an mir fremd. Ich hatte ihn schon einmal verloren und ein weiteres Mal würde ich nicht überleben. Schnell schloss ich die Badezimmertür hinter mir und lehnte mich dagegen. Dass Lexi Adrian mochte, wusste ich. Doch wie sah es in mir aus? Würde ich überhaupt den Mut aufbringen, mich allein mit ihm zu unterhalten? Jedes Mal verstummte ich in seiner Anwesenheit, dabei waren wir uns einmal so nah gewesen. Morgen ist auch noch ein Tag, sagte ich mir, als ich zwischen die Laken glitt und mich einkuschelte.

„Gute Nacht", wisperte Lexi in die Dunkelheit.

„Gute Nacht", gab ich ebenso leise zurück.

Nach einem ausgiebigen Frühstück am nächsten Morgen, besuchten wir noch einmal den wunderbaren Wellnessbereich. Ein wenig Entspannung konnte ja nicht schaden, ehe wir nach Dresden aufbrachen. Dort würden wir bis in den Abend hinein unterwegs sein und bestimmt etliche Kilometer zu Fuß zurücklegen, zumindest nach einer vorherigen Stadtrundfahrt.

Verstohlen sah ich mich um, als wir den Bereich erreichten, in dem ich Theo untergebracht hatte. Doch von ihm oder seiner Übernachtung war nichts mehr zu sehen. Glück gehabt! In mir rührte sich das schlechte

Gewissen, da ich es mir so gut gehen ließ, während er und andere auf der Straße lebten. Aber ich hatte alles probiert. Er nahm einfach keine weitere Hilfe an. Das einzige, was mir noch übrigblieb, war seine Entscheidung zu akzeptieren oder aber die Behörden einzuschalten. Doch sobald er davon Wind bekäme, würde er garantiert das Weite suchen und einmal mehr das Vertrauen in die Menschen verlieren. Dennoch, was würde er tun, wenn ich Sonntag wieder abreiste? Wo würde er schlafen?

Fragen über Fragen, auf die ich die Antworten nicht kannte und die mich grübeln ließen.

Lexi stieß mich an. „Hey, wo bist du denn wieder in Gedanken? Bei Adrian?“, neckte sie mich. Die verräterischen Schmetterlinge in meinem Bauch begannen zu tanzen, sobald ich seinen Namen vernahm. Ja, es war mein Verstand, der jegliche Annäherung zu ihm unterband. Mein Herz hingegen wollte ihn nur in die Arme schließen und nie wieder loslassen.

„Könnte sein“, antwortete ich ausweichend. Ich konnte mich noch nicht dazu überwinden, jemanden bezüglich Theos Situation ins Vertrauen zu ziehen. Aber es war falsch, das allein bewältigen zu wollen.

„Dabei solltest du dich an diesem Wochenende entspannen“, seufzte Lexi. „Es tut mir leid, dass du stattdessen mit Herzschmerz konfrontiert wirst.“ Mein erster Impuls war, es einfach abzustreiten, doch wo sie recht hatte, hatte sie recht. Ich war früher in ihn verliebt gewesen und diese Gefühle hatte ich offenbar nur verdrängt, denn sonst würde ich nie so auf ihn reagieren. Dann würde mich eine neuerliche Begegnung völlig kalt lassen. Was sie nun einmal nicht tat.

„Du konntest es nicht wissen“, gab ich leise zurück.

„Lass uns einfach die Massage genießen, ehe wir wieder hinaus in die Kälte gehen“, schlug Lexi vor.

„Genau das war der Plan! Es ist so schade, dass es nicht geschneit hat, dabei liegt Schnee in der Luft. Kannst du es auch riechen?“, fragte ich sie.

„Ja, das habe ich gestern schon gedacht und heute Morgen mit einer weißen Decke gerechnet. Aber nichts.“

Unser Gespräch wurde durch die beiden Masseure unterbrochen, die auf uns zukamen, um uns in die Räume zu führen. Wir winkten uns noch zu und dann beschloss ich, das Denken für eine Weile abzustellen und nur zu genießen.

„Los! Wir sind spät dran!“, drängte Mona, als wir schließlich am Hotel aufbrachen. Gelöst kichernd eilten wir in Richtung Parkplatz.

„Hoffentlich wartet der Bus!“, meinte Nadja. „Wäre ja blöd, wenn wir extra wegen des Strietzelmarktes hierherkommen und dann den Bus verpassen.“

„Quatsch, das schaffen wir!“, gab ich zuversichtlich zurück. Nun war es gut, dass kein Schnee unsere Schritte beeinträchtigte, sodass wir schneller laufen konnten. Während die anderen lachend zustimmten, legten wir noch an Tempo zu. Wir waren wirklich spät dran, denn als wir uns dem Parkplatz näherten, stand der Bus bereits dort.

Die letzten Meter rannten wir, damit niemand mehr auf uns warten musste. Soweit uns bekannt war, fuhr der Bus einige kleine Dörfer entlang der Strecke ab, um Touristen einzusammeln, die Dresden besuchen wollten.

„Ihr kommt spät“, rügte der Fahrer. Wie hieß es noch gleich? „Eine Minute weiter hätte ich fahren müssen.“

Leise keuchend stiegen wir ein und ließen uns auf unsere Sitze fallen. „Geschafft!“ Dann lachten wir erleichtert los. Es wäre wirklich zu schade gewesen, wenn wir unseren geplanten Abschluss verpasst hätten.

Dresden war eine wunderschöne Stadt, wie wir direkt feststellten, sobald wir unsere Stadtbesichtigung starteten. So viele architektonische und historische Gebäude, die mich faszinierten, hatte ich schon lange nicht mehr am Stück gesehen. Der Himmel war dunkel und wolkenverhangen, sodass die Dämmerung früher hereinbrach und alles in weihnachtlichem Glanz erstrahlte. Mein Herz schlug höher. Mir wurde klar, dass ich irgendwann wieder hierherkommen würde, um mir alles genau anzuschauen, denn die Stadtbesichtigung reichte gerade dazu aus, mich neugierig zu machen. Es war gar nicht möglich, alles innerhalb von so kurzer Zeit zu sehen.

Als wir endlich auf dem Strietzelmarkt ankamen, strahlten wir mit den Lichtern um die Wette. Es roch weihnachtlich nach Glühwein, Zimt, Waffeln und vielem mehr. Es gab so viel zu entdecken, dass auch hier ein paar Stunden einfach nicht ausreichten. Dafür waren wir innerhalb kurzer Zeit mit Taschen bepackt, da wir alle fleißig einkauften. An einem Stand besorgten wir uns Glühwein, an einem anderen eine Thüringer Bratwurst. Ansonsten genossen wir einfach das Flair und wanderten gefühlte Stunden durch die Gänge. Und jedes Mal entdeckten wir wieder etwas Neues.

„Ich glaube, wir müssen unbedingt noch einmal hierherkommen", flüsterte ich Lexi zu, als wir den Markt verließen, da der Bus uns bald abholen würde.

„Du hast vollkommen recht. Und dann ganz ohne Zeitdruck", gab sie ebenso leise zurück, während sie ihre gebrannten Mandeln herauskramte, um sich eine davon in den Mund zu stecken.

„Davon bekommst du nie genug, oder?", fragte ich lachend. Wir waren alle in ausgelassener Stimmung, obwohl zumindest mir meine Füße schmerzten.

„Ach komm, du doch auch nicht!“, erwiderte sie vergnügt und bot mir ihre Tüte an. Nur noch wenige Schritte und der Bus würde uns aus dem weihnachtlichen Glanz in ‚unser‘ Schloss zurückbringen.

Kapitel 18

Rika

„Du bist perfekt!“ Damit begrüßte mich der Hotelchef, als wir abends müde vom Strietzelmarkt zurückkehrten. Irritiert starrte ich ihn an. Was meinte er denn damit?

„Wie bitte?“, fragte ich entgeistert.

„Na, du müsstest genau in das Kostüm passen“, entgegnete er, während er mich abschätzend musterte.

„Ich verstehe nur Bahnhof. Welches Kostüm denn?“ Dieser Mensch machte mich wahnsinnig. Was zum Geier meinte er bloß? Wir hatten weder Karneval noch Halloween. Außerdem war ich müde, mir taten die Füße vom vielen Laufen weh und ich sehnte mich nach einer Pause. Daran hatte auch die Busfahrt hierher nichts geändert. Diese hatte mir vielmehr bewusst gemacht, wie fertig ich nun war.

Ehe ich reagieren konnte, ergriff er bereits meine Hand und zog mich mit. Während ich überrumpelt gerade noch Lexi meine Taschen in die Hand drücken konnte, hinter ihm her stolperte und zurückschaute, hoben die Mädels ahnungslos ihre Schultern.

Der Hotelchef schob mich in ein kleines Zimmer neben der Rezeption, wo bereits seine Frau auf mich wartete. „Erklärt mir jetzt jemand, was hier los ist?“, wollte ich wissen und stemmte beide Hände in die Hüften.

„Kai, hast du das Mädel überhaupt nicht gefragt, ob es mitmacht?“, fragte seine Frau entgeistert.

„Dafür war doch keine Zeit“, verteidigte er sich. „In zwanzig Minuten fängt der Umzug an.“

Ratlos starrte ich von einem zum anderen. Was erwarteten sie von mir? Wobei ich tatsächlich ein wenig neugierig war.

„Das Engelchen, welches normalerweise unseren Weihnachtsmann begleitet, ist gestürzt und kann nicht an unserem Umzug teilnehmen. Mit deinen blonden Locken wärst du der perfekte Ersatz dafür“, erklärte die Frau mir atemlos und hielt ein weißes Kleid in die Höhe, welches mit goldenen Nähten und Ornamenten verzieht war.

Tatsächlich hatte ich mir nicht die Mühe gemacht, meine Haare mühsam zu glätten, sodass sie sich munter unter meiner Mütze hervorringelten.

„Du würdest uns wahnsinnig helfen. Ohne Engel können wir den Umzug vergessen."

„Was muss ich denn machen?", erkundigte ich mich vorsichtig. „Wenn ich laufen muss, bin ich sofort raus", erklärte ich angesichts meiner schmerzenden Füße, welche mich schon etliche Kilometer durch Dresden getragen hatten.

„Nur bis zur Kutsche", versicherte mir der Hotelchef. „Ich bin übrigens Kai und das ist Iris", stellte er sich und seine Frau vor.

„Rika."

„Es läuft folgendermaßen, Rika: Du steigst hier im Innenhof zu dem Weihnachtsmann in die Kutsche. Zwei Fackelträger reiten voran, während ihr euch dann auf den Weg ins Dorf macht, dort eine Runde dreht und hierher zurückkehrt. Weitere zwei Fackelträger werden euch folgen. Es dauert ungefähr eine Stunde vielleicht auch etwas mehr. Du musst nichts weiter tun, als freundlich zu lächeln, zu winken und hin und wieder ein wenig Naschzeug an die Kinder verteilen. Meinst du, das bekommst du hin?" Erwartungsvoll sahen mich die beiden an.

„Okay, ich bin dabei", erklärte ich mich einverstanden, ehe ich weiter darüber nachdenken konnte. Ich schrieb es einem Glas Glühwein zuviel zu, denn eigentlich wollte ich nur meine Füße hochlegen und nach Theo sehen.

„Gott sei Dank!“, jubelte Iris. „Das nächste Essen geht aufs Haus“, bot sie mir an. „Ach was, der nächste Besuch im Spa geht auf uns.“ Daraufhin schenkte ich ihr ein Lächeln und unterließ es, sie darauf hinzuweisen, dass dies mein letzter Abend hier sein würde. Sie schien einfach viel zu glücklich zu sein. In den nächsten fünfzehn Minuten schlüpfte ich in das Kostüm und ließ mich zu einem Weihnachtsengel herrichten. Darin hatte Iris wirklich Übung, denn mit gekonnten Handgriffen legte sie mein Make-up auf, befestigte die Flügel und brachte mein Haar in Form.

„Du siehst umwerfend aus“, meinte sie schließlich glücksstrahlend, als sie ihr Werk begutachtete. „Schau doch mal selbst in den Spiegel.“ Genau das tat ich und konnte gar nicht glauben, dass ich diejenige war, die mir daraus entgegenschaute.

„Wow“, brachte ich nur noch hervor.

„Das kannst du laut sagen“, pflichtete Kai mir bei. „Und nun schnell in den Schlitten. Der Weihnachtsmann wartet bereits.“

Kaum hatte ich die ersten Schritte gemacht, erinnerten mich meine brennenden Füße daran, dass ich bereits den ganzen Tag auf ihnen unterwegs gewesen war, von ein paar kleinen Pausen mal abgesehen. Doch ich biss die Zähne zusammen.

Draußen erwartete mich wirklich eine weihnachtlich geschmückte Kutsche mit zwei weißen Pferden davor.

Jubelnde Menschen begrüßten mich, während ich darauf zuging und mitten unter ihnen meine Mädels. Kai war mir beim Einsteigen behilflich, während der Weihnachtsmann sich nicht rührte.

„Leg dir die Decke über die Beine, sonst wird es zu kalt“, meinte Kai fürsorglich, nachdem ich mich gesetzt hatte. „Und nochmals danke, dass du einspringst.“

„Nicht der Rede wert“, winkte ich ab, woraufhin er mir ein rätselhaftes Lächeln schenkte. Und dann trabten die Pferde auch schon los. Der Weihnachtsmann winkte und ich tat es ihm einfach gleich. Noch immer hatte er kein Wort zu mir gesagt, geschweige denn, mich auch nur angeschaut. Was war das denn für ein blöder Kerl?

Kaum hatten wir die mit Lichterketten geschmückten Bäumchen der Zufahrt hinter uns gelassen, wurde es um uns herum ruhiger. Nun begegneten wir kaum noch einem Menschen. War das der Grund, warum der Weihnachtsmann sich endlich dazu bequemte, mich anzuschauen? Da es dunkel war, konnte ich ihn nicht mehr genau erkennen, jedoch kam mir etwas an ihm bekannt vor.

Plötzlich lächelte er. „Hey Rika“, begrüßte er mich leise. Während mein Atem stockte, begann mein Herz wild zu klopfen. Das konnte doch wohl nicht sein!

„Adrian?“, fragte ich überfordert. Ausgerechnet er! In meinem Bauch fing es bereits leicht an zu kribbeln.

„Du hast es erraten.“ Da tat ich wirklich alles, um ihm aus dem Weg zu gehen, nur um mit ihm allein in einer Kutsche zu landen? Der Kutscher zählte nicht, wahrscheinlich war der auch in alles eingeweiht.

„Was soll das hier werden?“, verlangte ich zu wissen und verschränkte abwehrend meine Arme vor der Brust. Himmel, mein Herz überschlug sich geradezu, doch ich musste es schützen. Schon einmal war es wegen Adrian … Vergessen war mein guter Vorsatz, dass ich ihm eigentlich zuhören sollte. Stattdessen fuhr ich die Deckung wieder hoch.

„Eine Gelegenheit zum Reden“, erwiderte er ruhig.

„Worüber? Du hast deinen Standpunkt doch klargemacht, als du dich nicht mehr gemeldet hast und nicht mehr zu erreichen warst.“ Die Worte hatte ich gerade noch herausbekommen, denn zu meinem Entsetzen machte sich ein immenser Kloß in meinem Hals breit, der sich einfach nicht herunterschlucken ließ. Nur nicht weinen, ermahnte ich mich selbst. Ich wollte ihm eigentlich nicht zeigen, wie sehr mich sein Verhalten verletzt hatte.

„Hör zu, es tut mir leid, okay?“

„Und du meinst, mit dieser wirklich tollen Entschuldigung ist alles vergeben und vergessen?“, flüsterte ich.

„Nein. Und eben deswegen müssen wir reden. Lass es mich erklären“, bat er. Wollte ich es wirklich hören?

Mir vielleicht wieder Hoffnungen machen? Ich verschenkte mein Herz nicht mehr so leicht, nicht mehr seit damals … Doch Adrian hatte es vor einem Jahr im Sturm erobert, sämtliche meiner Mauern niedergerissen. Umso so schlimmer hatte mich der Schmerz erwischt, als er gegangen war.

„Es ist beinahe ein Jahr vergangen. Du hast gewusst, wie du mich erreichen kannst, dennoch hast du es vorgezogen in der Versenkung zu verschwinden. Warst du im Knast oder im Krankenhaus? Was hat dich daran gehindert einfach zu sagen: ‚Hey Rika, ich mag dich zwar, aber das mit uns wird nichts'? Was Adrian?!" Meine Stimme brach und ich spürte, dass sich die Tränen immer weiter an die Oberfläche drängten. *Hilfe! Ich will nicht wieder wegen Adrian weinen!*

Kapitel 19

Adrian

Es war ihr gutes Recht, wütend auf mich zu sein, denn immerhin hatte ich mich wirklich nicht fair verhalten. Es war Kais Idee gewesen, uns in dieser Kutsche zusammenzuführen, damit wir uns aussprechen konnten. Doch nun bezweifelte ich, dass es eine gute Idee gewesen war. In ein paar Minuten würden wir das Dorf erreichen und mussten fröhlich den Menschen zuwinken und Süßigkeiten verteilen. Wie sollten wir das bewerkstelligen? Rikas Stimme klang tränenerstickt und auch mich ließ die Situation nicht kalt. Direkt vor ihr zu sitzen, sie aber nicht berühren zu können, nicht ihre warmen Lippen schmecken zu können, überstieg beinahe meine Kräfte. Sie bedeutete mir immer noch wahnsinnig viel und erst jetzt erkannte ich, wie sehr ich sie wirklich vermisst hatte. Kein Wunder, denn zu Hause hatte ich mich hinter der Arbeit vergraben oder anderweitig abgelenkt.

Hier war ich zum ersten Mal seit langem zur Ruhe gekommen, konnte Dinge überdenken und als dann auch noch Rika aufgetaucht war, schien es beinahe wie ein Wink des Schicksals. Dennoch würde es nicht leicht werden, sie davon zu überzeugen, dass ich mich damals sehr wohl in sie verliebt hatte und dass nur mein Vater …

„Vielleicht sollten wir das nach dieser Fahrt in Ruhe besprechen“, erwiderte ich leise. „Nur so viel: Ich musste mich von dir fernhalten. Um deinetwillen.“ Sie stieß ein freudloses Lachen aus.

„War ja klar. Erst willst du reden, dann machst du einen Rückzieher. Vielleicht sollten wir es dabei belassen.“ Ihre Stimme klang so bitter und es brachte mich fast um, dass ich der Grund dafür war. Meine Gefühle befanden sich in hellem Aufruhr und am liebsten würde ich sie in meine Arme schließen, um sie nie wieder loszulassen. Wenigstens das wusste ich. Ich musste die Dinge zwischen uns in Ordnung bringen!

Die ersten weihnachtlich geschmückten Häuser kamen in Sichtweite. „Wir müssen zuerst unsere Show abliefern“, entgegnete ich angespannt. „Wenigstens Kai und Iris zuliebe. Sie haben diese Tradition der früheren Schlossherren vor drei Jahren wieder ins Leben gerufen.

Alle werden wahnsinnig enttäuscht sein, wenn wir das verbocken. Also, bist du noch dabei?"

Die Sekunden, in denen sie überlegte, zogen sich gefühlt endlos dahin. Schließlich seufzte Rika. „Ja, ich ziehe das mit dir durch und danach sehen wir uns nie wieder." Letzteres ließ ich unkommentiert, denn ob sie wollte oder nicht, ich würde ihr erklären, was vor einem Jahr geschehen war. Der große Sack mit den Süßigkeiten stand zwischen uns und ich beugte mich vor, streckte meine Hände aus, um ihn zu öffnen. Ein Hauch ihres Duftes stieg mir in die Nase. Offenbar benutzte sie immer noch gern ihre Bodylotion mit der Vanillenote.

Am Straßenrand begrüßten uns jubelnde Menschen, beinahe so, als würde der König Hof halten. Es war ebenso überwältigend wie überraschend. Mit einem solchen Ansturm hatte ich definitiv nicht gerechnet. Das ganze Dorf oder vielmehr die gesamte Umgebung musste sich versammelt haben. Rika und ich hatten alle Hände voll zu tun, um die Süßigkeiten zu verteilen, die regen Absatz fanden. Die Häuser und Straßen erstrahlten in weihnachtlichem Glanz und sobald erst einmal richtig Schnee fiel, würde sich alles in ein Winterwunderland wie aus einem Bilderbuch verwandeln. Wir arbeiten Hand in Hand und einmal mehr gewann ich einen Eindruck davon, wie es hätte sein können.

Schließlich war der Sack leer, wir winkten noch einmal in die Runde und ließen uns dann zurück auf unsere Sitze fallen. Schnell schlüpften wir wieder unter die Decken, denn der Wind wehte nun schneidend kalt übers Land und die offene Kutsche bot nicht gerade viel Schutz davor.

Während der gesamten Rückfahrt ignorierte Rika mich völlig. „Komm schon, lass es mich erklären", bat ich nochmals. „Ich lade dich auf ein Glas Glühwein ein …"

„Und damit ist alles wieder gut?" fuhr sie mir dazwischen. Wenn sie nicht jedes Recht der Welt hätte sauer zu sein, würde sie mir langsam auf die Nerven gehen. Warum ließ sie nicht einfach zu, dass ich mich entschuldigte?

„Natürlich nicht. Aber vielleicht kannst du dann verstehen, dass es so das Beste gewesen ist. Zum damaligen Zeitpunkt jedenfalls."

Ihre veilchenblauen Augen funkelten mich an, als ich ihren Blick einfing, auch wenn ich es eher erahnen als wirklich sehen konnte. Sie war so ein herrliches Geschöpf und nur zu gern würde ich in ihre volle, weiche Mähne fassen, sie zu mir heranziehen und … Stopp! Eines nach dem anderen. Erst einmal musste sie mir verzeihen.

„Lass es einfach gut sein", bat sie schließlich und unterbrach unseren Blickkontakt. Seufzend beschloss ich, ihr für den Moment nachzugeben und lehnte mich wieder zurück. Ich schaute ein letztes Mal auf das erleuchtete Dorf, dann passierten wir die Kurve und wurden in die Dunkelheit getaucht. Nur die Fackelreiter vor und hinter uns spendeten noch etwas Licht.

Als wir einige Minuten später wieder auf dem Schloss eintrafen, warteten nur noch wenige Leute auf uns, da der Markt bereits geschlossen hatte. Rika wurde von ihren Mädels in Empfang genommen und konnte gar nicht schnell genug die Kutsche verlassen.

Kai und Iris erwarteten mich. „Und? Erfolg gehabt?“, erkundigte sich Kai direkt und warf einen Blick zu Rika hinüber.

„Sieht es so aus?“, fragte ich missmutig zurück.

„Hast du denn erwartet, dass es leicht werden würde? Frauen können manchmal wirklich launisch und nachtragend sein. Aua!“, beschwerte er sich bei Iris, die ihm direkt eine leichte Kopfnuss verpasst hatte.

„Pass auf, was du sagst, mein Lieber“, warnte sie ihn lächelnd.

„Siehst du, was ich meine?“, wandte er sich dennoch an mich, während er sich verstohlen den Kopf rieb. „Versuch es weiter, sonst wirst du dich immer fragen, was gewesen wäre, wenn du hartnäckiger gewesen wärst.“

Gerade verschwand Rika mit ihren Freundinnen im Hotel. Iris folgte meinem Blick. „Los. Lauf ihr hinterher!", forderte sie mich auf. „Wir drücken euch die Daumen!"

So schnell ich in diesem Kostüm konnte, machte ich mich auf den Weg. Diese blöden Stiefel! Und der dicke Bauch! Es war mühsam, sich damit fortzubewegen, doch schließlich stürmte ich in die Lobby, wo Rika mit ihren Freundinnen auf den Aufzug wartete. Gerade als das Signal zum Tür öffnen erklang, erreichte ich sie, riss mir den dämlichen Bart herunter und fasste ihre Hand, um sie mitzuziehen.

Kapitel 20

Rika

„Los, komm mit!" Plötzlich tauchte Adrian wieder an meiner Seite auf, riss sich den bekloppten Weihnachtsmannbart ab, griff nach meiner Hand und zog mich mit, ohne auf die erstaunten Blicke der anderen Mädels oder Gäste zu achten. Mein Herz sank in den Magen. Nun hatte er mich! Er schien ziemlich sauer zu sein. Das konnte doch nichts damit zu tun haben, dass ich keine Lust hatte, mir seine halbherzigen Entschuldigungen und Erklärungen anzuhören? Hatte er etwas von Theo mitbekommen? Im Grunde war es ein Wunder, dass wir noch nicht aufgeflogen waren. Verdammt!

Ohne auf meine halbherzigen Befreiungsversuche zu achten, bugsierte er mich durch die Lobby und zur Tür hinaus. Eisiger Wind empfing uns, als wir den Innenhof betraten, woraufhin ich sofort fröstelte, da ich noch immer mein Weihnachtsengelkostüm trug. Ohne die Decke, welche mich in der Kutsche hervorragend gewärmt hatte, fror ich sehr schnell. Vereinzelte Schneeflocken tänzelten vom Himmel herab und bildeten bereits eine feine Puderzuckerschicht auf dem Kopfsteinpflaster. Doch dafür hatte ich keinen Blick, denn Adrian zog mich in eine dunkle Ecke und drückte mich gegen die kalte Wand, seine Hände links und rechts von mir aufgestützt, sodass ich keine Chance auf Flucht hatte.

„Du wirst mir jetzt verdammt noch mal zuhören", knurrte er. Ich sollte nicht so auf ihn und sein Neandertalerverhalten reagieren, doch leider sah mein Körper das anders und wollte nichts mehr, als dass er mich endlich küsste. So wie früher. Damit ich die Welt und alles andere um uns herum vergaß.

Zwischen uns erkannte ich nicht nur einen zarten Funken, sondern das Sprühen und Knistern eines ganzen Feuerwerkes. Das konnte ich wahrlich nicht verleugnen. Mein Atem beschleunigte sich, ebenso wie mein Herz, welches förmlich zu rasen begann. Mir war bewusst, wie zickig ich mich verhalten hatte, doch anscheinend hielt es Adrian nicht davon ab, die Dinge zwischen uns in Ordnung bringen zu wollen. Und mit einem Mal wollte ich nichts mehr als das.

„Hey, lass sie sofort los!", ertönte hinter uns ein Schrei. Theo! So ein Mist! Nun flogen wir tatsächlich auf.

„Theo nicht!", rief ich, doch es war zu spät. Er warf sich auf Adrian, der daraufhin ins Straucheln geriet und sich von mir abwandte, um verwundert den Jungen zu mustern, der ihn attackiert hatte.

„Wer bist du denn?", fragte er direkt. Theo schwieg beharrlich, während Adrians Blick von ihm zu mir und zurück glitt. Ich konnte förmlich sehen, wie sich die Rädchen in seinem Kopf drehten bis er eine Lösung gefunden hatte.

„Wo hast du ihn versteckt?", erkundigte sich Adrian mit hochgezogener Augenbraue bei mir.

„Keine Ahnung, wovon du da redest."

„Nein? Ich glaube schon. An zwei Abenden habe ich dich aus der Richtung des Spas kommen sehen, nachdem dieses bereits lange geschlossen hatte. Nun sehe ich diesen …" Er suchte nach Worten. „… diesen Jungen, der offensichtlich hier kein Gast ist und auch nicht zu einem der Marktbeschicker gehört, wie mir scheint. Was würdest du da denken?" Er sah schon ein wenig komisch aus in seinem Weihnachtsmannkostüm mit dem dicken Bauch, während er mich gespannt musterte. Womit hatten sie ihn wohl ausgestopft? Ein Kichern kroch in mir hoch, welches ich nur mühsam unterdrücken konnte.

Doch ehe ich reagieren konnte, mischte Theo sich ein. „Danke Rika für deine Hilfe, aber es sieht so aus, als müsste ich mir einen anderen Schlafplatz organisieren. Wir sind aufgeflogen, weil ich dir helfen wollte."

„Moment mal", meinte Adrian. „Ich habe nicht gesagt, dass ich dich rauswerfe oder dergleichen. Eigentlich war ich nur hier, weil ich ein paar Dinge mit Rika ins Reine bringen wollte, doch nun würde ich sagen, sollten wir reingehen. Ihr friert beide."

Wo er recht hatte, hatte er recht. Der Schnee fiel nun dichter und der eisige Wind trieb die Feuchtigkeit in die Kleidung. Ihm schien das nichts auszumachen, doch mir war wirklich kalt und Theo schien es nicht anders zu gehen.

„Hier ist der Schlüssel für die Außentür zum Spa. Ich hole uns etwas Warmes zu trinken und komme nach. Also lass die Tür offen", fügte er an mich gewandt zu. Hatte er vergessen, dass der Markt bereits geschlossen hatte? Wo wollte er denn etwas Warmes auftreiben? Theo zögerte, sodass ich ihn förmlich durch die Tür schieben musste. Viel eher hatte ich den Eindruck als würde er irgendwo in der dunklen, kalten Nacht verschwinden wollen.

Wie schon zuvor begaben wir uns zu der gemütlichen Couch im Spa, um auf Adrian zu warten.

„Es tut mir leid", flüsterte ich.

„Du hast dein Bestes getan“, gab Theo schulterzuckend zurück. „Es ist nicht deine Schuld, dass wir aufgeflogen sind.“ Er schälte sich aus seiner Jacke und setzte sich, nachdem er ein Handtuch untergelegt hatte. „Wie siehst du eigentlich aus? Beinahe hätte ich dich nicht erkannt.“

„Tja, heute Abend habe ich überraschend den Weihnachtsengel gespielt“, erwiderte ich lachend und erzählte die ganze Geschichte.

„Das erklärt den seltsamen Aufzug von deinem Freund.“ Theo schmunzelte. Mein Freund? Bei der Vorstellung schlug mein Herz gleich wieder schneller. War ich wirklich bereit, meine Mauern ein Stück weit einzureißen? Mein Unterbewusstsein schien jedenfalls nicht abgeneigt zu sein.

„Er ist nicht mein Freund“, wehrte ich ab.

„Vielleicht nicht. Aber das wäre er gern“, entgegnete Theo ernst. Himmel, unterhielt ich mich wirklich mit einem Teenager? Der Junge sah eindeutig zu viel.

„Woher willst du das denn wissen?“

„Ich habe Augen im Kopf und sehe, wie er dich ansieht“, erklärte Theo lächelnd, woraufhin ich schwieg. Doch ich konnte nicht weiter darüber nachdenken, denn in diesem Moment trat Adrian durch die Tür. In den Händen hielt er eine Thermoskanne, sowie drei Becher, die er nun sorgfältig auf dem kleinen Tisch abstellte.

„Ich hoffe, Kakao ist in Ordnung“, meinte er, während er mir einen intensiven Blick schenkte.

„Für mich auf jeden Fall!“, verkündete Theo fröhlich. Mein Mund war mit einem Mal so trocken, dass ich erst einmal nur nicken konnte. Dann riss ich mich zusammen.

„Ja, vielen Dank. Du hast dein Kostüm ausgezogen“, stellte ich fest, als ich dankbar den Becher mit dem dampfenden Kakao entgegennahm.

„Ja, es war doch reichlich unbequem. Möchtest du deins auch loswerden?“

„Das würde ich gern, aber dazu muss ich in mein Zimmer, um mich komplett umzuziehen“, erwiderte ich seufzend. Erwartungsvoll schaute er mich an, woraufhin ich noch einmal seufzte. „Ich bleibe hier bis alles geklärt ist.“

„Prima. Kann ja nicht schaden, einen Engel dabeizuhaben.“ Bei dieser Aussage verschluckte sich Theo am Kakao und bekam einen derart heftigen Hustenanfall, dass ihm die Tränen über die Wangen liefen.

„Alles in Ordnung?“, fragte ich ihn, als er sich beruhigt hatte und die Tränen abwischte.

„Ja, alles klar“, beruhigte er mich mit brüchiger Stimme, ehe er sich räusperte, um den Frosch in seinem Hals loszuwerden. Als das nicht recht zu funktionieren schien, trank er einen Schluck Kakao und atmete auf.

Mir war da ein Gedanke gekommen, weshalb ich mich an Adrian wandte. „Sag mal, die Originalbesetzung des Engels ist wirklich spontan ausgefallen oder habt ihr dafür gesorgt?“ Nun war es an Adrian, sich zu verschlucken, denn damit hatte er mit Sicherheit nicht gerechnet, wie es schien.

„Das traust du uns zu?“, japste er schließlich ungläubig. Meine Mundwinkel zuckten, als ich seinen entsetzten Tonfall vernahm.

„Na ja, immerhin wolltest du mich unbedingt allein erwischen …“ Den Rest des Satzes ließ ich im Raum stehen. Theo starrte uns mit großen Augen an.

„Und deshalb bringen wir mafialike jemanden um die Ecke, damit mir das gelingt? Sag mal, wie bist du denn drauf? Ich habe mich in der Vergangenheit bestimmt nicht mit Ruhm bekleckert, aber das ginge dann doch zu weit.“ Ein Kichern kroch in mir hervor und ließ sich beim besten Willen nicht eindämmen, sodass ich in lautes Gelächter ausbrach. Gott, es tat so gut zu lachen! Verblüfft starrten mich die anderen beiden an. Niemals hätte ich gedacht, dass ich in Adrians Gegenwart noch einmal so locker sein könnte.

„Schön, dass du dich so königlich amüsierst“, meinte Adrian trocken, doch ich bemerkte, wie es um seine Mundwinkel zuckte und auch Theo grinste breit.

„Aber hier geht es nicht um mich“, fuhr Adrian ernst fort. „Wir sollten über dich sprechen.“ Damit deutete er auf Theo, dessen Namen er noch nicht kannte.

„Ich heiße Theo", merkte dieser daraufhin an.

„Adrian", stellte er sich ebenfalls vor.

Wir saßen um den kleinen Tisch herum und Schweigen legte sich über uns, da jeder mit seinen eigenen Gedanken beschäftigt war. Würde Adrian den Jungen weiterhin hier nächtigen lassen oder ihn an die Behörden übergeben?

Kapitel 21

Adrian

Das Schweigen zwischen uns wurde langsam unangenehm und es schien klar, dass Rika und vor allem Theo dieses Gespräch gern vermieden hätten. Doch wir konnten den Jungen nicht einfach hier verstecken. Ich stellte meinen leeren Becher zurück auf den Tisch, legte die Oberarme auf meine Schenkel und beugte mich interessiert vor.

„Dann erzähl mir mal, Theo: Warum lebst du auf der Straße?“

Theo zuckte mit den Schultern und wand sich auf seinem Platz, ehe er zu dem Schluss kam, dass es besser war, mir Rede und Antwort zu stehen. „Meine Eltern können sich kaum um sich selbst kümmern, da habe ich beschlossen, dass ich allein besser dran bin.“

„Wie lange geht das schon so?“

„Seit zwei Jahren ungefähr. Da war ich dreizehn.“

„Das heißt, du schlägst dich tatsächlich allein durch, seit du dreizehn bist? Sind deine Eltern drogen- oder alkoholabhängig? Oder warum können sie sich nicht um dich kümmern?“ Was war da bloß geschehen, dass ein Junge in dem Alter beschloss, dass er auf der Straße besser dran wäre? Gerade wünschte ich mir, dass ich nichts von ihm wüsste, denn nun musste ich mich mit einem weiteren Problem herumschlagen. Rika schien die Geschichte ebenfalls noch nicht zu kennen, denn sie schwieg und hörte aufmerksam zu.

Theo seufzte auf. Es fiel ihm sichtlich schwer, darüber zu sprechen. „Als mein kleiner Bruder vor fünf Jahren an Leukämie gestorben ist, sind sie in ein Loch gefallen und nicht mehr herausgekommen. Alle Hilfsangebote schlugen sie aus. Sie gingen zur Arbeit wie immer, doch sobald sie zu Hause waren, war nichts mehr wie vorher. Jeder trauerte für sich, schloss sich in seinem Zimmer ein. Es herrschte eine gespenstische Stille, kein Reden, kein lautes Wort, kein Lachen mehr. So als hätten wir alle aufgehört zu existieren.“ Tränen liefen ihm die Wangen hinunter, während er sprach. Unwirsch wischte er sie weg und starrte verloren zu Boden.

„Es muss schwer für dich gewesen sein. Immerhin warst du auch noch ein Kind“, flüsterte Rika ergriffen.

In ihren Augen glänzte es ebenfalls verdächtig. Mein Herz schmerzte, als ich an den Jungen dachte, der nicht nur seinen Bruder, sondern auch zeitgleich seine Eltern verloren hatte. Denn so musste es sich für ihn angefühlt haben. Und ich konnte es nachvollziehen. Als meine Mutter uns verließ, war ich zehn Jahre alt und mein Vater war nie für mich da gewesen.

„Ich hätte sie gebraucht“, brach es aus ihm heraus. „Erst war ich lieb und habe die besten Noten aus der Schule mit heimgebracht. Doch darauf gab es keine Reaktion. Ebenso wenig darauf, dass ich nur noch schlechte Noten schrieb und mich danebenbenahm. So, als würde es mich gar nicht mehr geben. Da wusste ich, dass ich dort wegmusste, weil ich es einfach nicht mehr aushielt. Ich habe mein Konto geplündert und mich damit eine Zeitlang gut über Wasser halten können. Ich bin weiterhin zur Schule gegangen, soweit es möglich war und habe im Sommer meinen Abschluss gemacht. Niemand hat etwas bemerkt. Wenn ich eine Ausbildungsstelle bekomme, bin ich aus dem Schneider und kann mir eine Wohnung suchen.“ Ob ihm bewusst war, dass er als Minderjähriger die Unterschrift eines Erziehungsberechtigten unter dem Vertrag benötigte?

„Warum hast du dich nicht an die Ämter gewandt?“, wollte ich wissen. Einer von uns musste sachlich bleiben, obwohl es auch in meinem Hals eng wurde. Ich durfte Theos Schicksal nicht zu sehr an mich heranlassen, auch wenn es mich noch so sehr berührte. Wahrscheinlich war allen klar, dass eine vernünftige Lösung hermusste.

„Was hätte das denn gebracht? Endlose Mühlen, nur damit doch nichts dabei herumkommt? Ich wollte nur noch weg. Wahrscheinlich haben sie nicht einmal nach mir gesucht."

„Das glaube ich nicht!", brach es aus Rika hervor. „Deine Eltern werden dich wahrscheinlich wahnsinnig vermissen und wer weiß, vielleicht haben sie mittlerweile erkannt, dass sie professionelle Hilfe in Anspruch nehmen müssen!"

„Du hättest zeitweise in einer Pflegefamilie leben können bis deine Eltern sich wieder gefangen haben", meinte ich nachdenklich. „Warum hast du sofort solch einen krassen Schritt unternommen?" Das ging mir einfach nicht in den Kopf. Bestimmt hätte ihm auch ein Lehrer geholfen, wenn er sich nur jemandem anvertraut hätte.

„Vielleicht. Aber wer nimmt schon einen 13jährigen auf?" Theo lehnte sich zurück, verschränkte die Arme vor der Brust und starrte trotzig vor sich hin.

Damit könnte er natürlich recht haben, doch er hatte es offenbar nicht probiert. „Und was hast du jetzt vor?", wollte ich von ihm wissen, denn er konnte nicht ewig im Spa übernachten. Irgendwann würde er jemandem auffallen und ich wusste nicht, ob wir uns sogar damit strafbar machten, indem wir ihn versteckten. Möglich wäre es jedenfalls.

„Ich weiß es noch nicht", gab Theo leise zurück. „Heute Nacht würde ich gern noch bleiben und für morgen überlege ich mir etwas Neues. Es ist kalt und schneit. Vielleicht ist es auch an der Zeit, dass ich eine zweite Chance gewähre und nach Hause zurückkehre. Immerhin ist es kurz vor Weihnachten, die Zeit, in der Wunder möglich werden", murmelte er. Er schien die Augen kaum noch offenhalten zu können.

„Okay", stimmte ich zu. „Es ist schon spät und natürlich würde ich dich nie bei dem Wetter hinausjagen und dort übernachten lassen. Eine zweite Chance klingt gut. Ich finde, die hat jeder verdient." Dabei sah ich Rika tief in die Augen. Bildete ich es mir nur ein, oder zeigte sich wirklich ein Hauch von Rot auf ihren Wangen?

„Gute Nacht, Theo", wisperte sie, auch wenn dem Jungen bereits die Augen zugefallen waren. Er erwiderte etwas, doch es war schon verwaschen und kaum zu verstehen.

„Gute Nacht, Theo", verabschiedete ich mich ebenfalls. „Lass uns gehen, Rika." Als sie neben mir stand, legte ich wie selbstverständlich meine Hand auf ihren unteren Rücken, woraufhin sie sich zunächst versteifte, doch sogleich wieder entspannte. Dann führte ich sie hinaus. Wie ging es jetzt weiter?

Gemeinsam warteten wir auf den Aufzug, der sich endlos Zeit zu lassen schien. Wir standen so nah nebeneinander, dass ich die Wärme ihrer Haut spüren konnte, auch ohne sie zu berühren. Die Spannung im Raum war fast körperlich wahrnehmbar, das konnte ich mir doch nicht nur einbilden!

„Was hältst du so generell von zweiten Chancen?“, fragte ich Rika leise. Nur wenige Zentimeter trennten mich von ihr, doch der nächste Schritt musste von ihr kommen. Sie drehte den Kopf und sah mich von der Seite an. Ein leichtes Lächeln umspielte ihre Mundwinkel, während sie den Abstand zwischen uns überwand und ihre Hand in meine legte.

„Zweite Chancen klingen gut“, wisperte sie. „Sonst wären Timo und Lexi nicht zusammen. Sonst würde Theo nicht überlegen heimzugehen …“ Hoffnung flutete mich und zum ersten Mal heute atmete ich erleichtert auf.

„Heißt das, was ich denke, dass es heißt?“, fragte ich zur Sicherheit.

„Das heißt, dass ich dir die Möglichkeit gebe, mir zu erklären, was geschehen ist. Alles andere werden wir dann sehen.“

„Danke, das bedeutet mir viel“, gab ich lediglich zurück, während mein Herz Purzelbäume schlug und so etwas wie eine Achterbahn durch mein Inneres raste. „Möchtest du dich zum Reden in die Lobby setzen?

Um diese Zeit wird kaum noch jemand unterwegs sein.“ Gemeinsam betraten wir den Aufzug.

„Nein. Ich bevorzuge eine privatere Atmosphäre“, entgegnete sie lächelnd.

„Mein Zimmer?“, schlug ich vor.

„Perfekt! Allerdings würde ich vorher gern das Kostüm loswerden“, wandte sie ein. „Ich gehe in mein Zimmer und ziehe mich um. Danach komme ich zu dir.“

„Okay“, willigte ich ein. „Ich hoffe, dass du es dir nicht noch anders überlegst.“

„Keine Sorge. Ich stehe zu dem, was ich gesagt habe.“

Viel zu schnell hielt der Aufzug und die Türen glitten auseinander. „Bis gleich“, raunte ich. „Nummer 207!“, rief ich ihr noch hinterher. Sie winkte und lief zu ihrem Zimmer, während ich mich zu meinem begab. Immerhin gab mir die kurze Pause Gelegenheit noch ein paar Dinge beiseite zu räumen und einen Blick ins Bad zu werfen. Alles einigermaßen vorzeigbar, beschloss ich.

Minuten vergingen im Tempo von Stunden und beinahe glaubte ich nicht mehr daran, dass ich eine zweite Chance bekommen würde. Was, wenn sie nicht kam? Was sollte ich ihr denn erzählen? Um sie für mich zu gewinnen, würde ich bestimmt komplett die Hosen herunterlassen müssen … im übertragenen Sinn.

Obwohl ich kein Problem damit hätte, sie wirklich auszuziehen. Um mir die Wartezeit zu verkürzen, schlüpfte ich in ein bequemes Sweatshirt und eine Jogginghose.

Kapitel 22

Rika

„Rika!“, begrüßte mich Lexi, als ich unser Zimmer betrat. „Ich dachte schon, ich müsste eine Vermisstenanzeige aufgeben.“

„Wie du siehst, lebe ich noch“, gab ich grinsend zurück. Mein Herz fühlte sich leicht, seitdem ich beschlossen hatte, Adrian eine Chance zu geben. Wenn Theo über seinen Schatten springen konnte, dann sollte ich das erst recht bewerkstelligen können.

„Was ist denn passiert? Wo warst du so lange?“ Lexi sprühte vor Ungeduld und so sehr ich auch von Theo erzählen wollte, ich konnte es nicht. Noch nicht jedenfalls.

„Es würde zu lange dauern, Adrian wartet auf mich“, erklärte ich lediglich, während ich mich aus dem

Engelskostüm befreite, um in etwas Bequemes zu schlüpfen.

„So, so. Adrian wartet auf dich?“, fragte Lexi grinsend. „Woher der plötzliche Sinneswandel?“

Ich hielt inne, gerade als ich durch den Halsausschnitt meines Sweatshirts schlüpfen wollte. Warum hatte ich plötzlich meine Meinung geändert? Mir war klar, dass man von meinen Launen ein Schleudertrauma bekommen könnte, dennoch hatte ich alles getan, um meine inneren Verteidigungslinien aufrecht zu erhalten. Heute Abend jedoch, da waren sie in sich zusammengefallen. Ich tauchte aus meinem Shirt auf und ließ mich auf die Bettkante fallen.

„Ich weiß nicht einmal, wie ich es erklären soll“, begann ich, während sie mich aufmerksam musterte. „Heute Abend hat jemand etwas über zweite Chancen gesagt und es war, als hätte ich genau diesen Schubser gebraucht, um mich dafür zu entscheiden, ihn anzuhören.“ Diese Tatsache verwirrte mich immer noch, ebenso wie das befreite Lachen in seiner Gegenwart. Es hatte sich so locker und leicht angefühlt … beinahe so wie früher. Und ich konnte es nicht mehr leugnen: Ich wollte einfach mehr davon. Doch ohne dass wir das aus dem Weg räumten, was zwischen uns stand, würde es nicht funktionieren. Außerdem hatte ich die Nase voll davon, im November in dieses dunkle Loch zu fallen, in das mich damals der Unfall gerissen hatte. Jedes Jahr diesen Moment in meinen Albträumen wieder erleben zu müssen und dann allein aufzuwachen, zerrte an meiner Substanz. Allerdings musste ich mich dazu auf jemanden einlassen und vielleicht war ich endlich bereit dazu. Immerhin hatte ich im letzten Jahr schon einmal mein Herz für Adrian geöffnet.

„Zweite Chancen sind nicht verkehrt. Überleg mal, wo ich heute wäre, wenn ich mich nie auf Timo eingelassen hätte“, erwiderte Lexi nachdenklich. „Ich drück dir die Daumen, dass alles gut wird. Und nun lass ihn nicht länger warten. Pass auf dich auf, hörst du? Und denk daran, dass wir morgen heimfahren“, fügte sie noch mit einem Zwinkern hinzu.

„Spätestens dann bin ich wieder hier“, versprach ich lachend, bevor ich in meine Schuhe schlüpfte und das Zimmer verließ. Mit klopfendem Herzen machte ich mich auf den Weg und stand schließlich zögernd vor seiner Tür. Erst einmal tief durchatmen. Und noch einmal. Nach einem weiteren tiefen Atemzug hob ich schließlich die Hand und klopfte an. Als hätte Adrian hinter der Tür gewartet, wurde sie aufgerissen.

„Du bist tatsächlich gekommen!“, stellte er freudig strahlend fest.

„Natürlich. Wenn ich etwas zusage, dann halte ich es auch. Darf ich reinkommen oder sollen wir uns lieber auf dem Flur unterhalten?“, fragte ich grinsend, als er keinerlei Anstalten machte, beiseite zu treten.

„Was? Oh natürlich. Komm rein.“

Ich konnte nicht sagen, dass sich mein Herz auch nur annähernd beruhigt hätte, nein es war wohl eher so, als hätte es diese Millionen von Schmetterlingen in meinem Inneren aktiviert und dazu aufgefordert, einen wilden Tanz zu beginnen. Es war so vertraut, ihn in einem Sweatshirt und einer Jogginghose zu sehen, beinahe so, als wäre nicht ein Jahr vergangen, seit wir uns zum letzten Mal nahe waren.

„Hübsch hast du es hier“, meinte ich, um kein unangenehmes Schweigen aufkommen zu lassen. Der Raum war kleiner als ich es erwartet hätte. Das Futonbett fügte sich ebenso wie der Schrank sowie die restlichen Möbel in dieses Schlosszimmer ein.

„Klein, aber fein.“ Verlegen fuhr er sich durchs Haar. „Mein Onkel hat mir angeboten, dass ich ein größeres Zimmer bekommen könnte, aber ich mag dieses hier. Vor allem wegen der tollen Aussicht.“

„Ich glaube, die Aussicht wirst du aus allen Räumen genießen können.“ Insgeheim gefiel es mir, dass er sich bescheiden gab.

„Da könntest du recht haben. Magst du etwas trinken? Einen Wein vielleicht?“ Er deutete auf die geöffnete Flasche auf dem Tisch. Ein wenig Alkohol zur Entspannung konnte nicht schaden, oder? Es war ja nur ein Glas Wein. Also stimmte ich zu und nahm das Glas entgegen, welches er daraufhin füllte, um es mir zu überreichen. Er nahm sich selbst das andere und prostete mir zu.

„Auf zweite Chancen“, meinte er leise, während mich sein türkisblauer Blick fesselte – ganz so wie früher. „Leider kann ich nicht viele Sitzgelegenheiten bieten: Du hast die Wahl zwischen dem Sessel und dem Bett.“

Da der Sessel nicht sonderlich einladend auf mich wirkte, entschied ich mich dazu, auf dem Bett Platz zu nehmen. Adrian ließ sich in einiger Entfernung zu mir nieder.

„Also? Du wolltest mit mir reden.“ Ich tat betont cool, um meine Nervosität zu verbergen.

„Ja. Ich weiß nur noch nicht recht, wie oder wo ich anfangen soll“, gab er leise zurück. Als er sich mit den Händen durchs Gesicht fuhr, erinnerte ich mich daran, dass er das immer tat, wenn er nicht weiterwusste.

„Fang ganz am Anfang an oder sag mir direkt, warum du mich auf einmal ignoriert hast“, wisperte ich. Nun hatte ich mich darauf eingelassen, jetzt wollte ich auch wissen, worum es ging.

„Ich habe es um deinetwillen getan“, meinte er schließlich.

„Das verstehe ich nicht“, gab ich verwirrt zurück.

Kapitel 23

Adrian

Wie sollte Rika auch etwas verstehen, was ich heute selbst nicht mehr nachvollziehen konnte? Warum hatte ich mich nur so sehr unter Druck setzen lassen? Sie war mir so wichtig gewesen, dass ich lieber auf sie verzichtet hatte, als ihr zu schaden. Mittlerweile gestand ich es mir ein. Nun musste ich ihr nur noch erklären, was mich bewegt hatte.

„Mein Vater hat damit gedroht, dein Leben zu zerstören, wenn ich den Kontakt nicht abbrechen würde. Da ich ihm das durchaus zugetraut habe und er mich obendrein in der Hand hatte, gab ich nach. Er hätte uns beiden alles genommen", fügte ich hinzu.

Rika runzelte die Stirn. „Wer ist dein Vater, dass er die Macht dazu gehabt hätte?"

„Er hat Geld und Verbindungen und du kennst ihn leider nur zu gut."

„Du sprichst in Rätseln. Rede doch mal Klartext", forderte sie. „Gehört er etwa zu so etwas wie der Mafia?" Daraufhin lachte ich freudlos auf.

„Nein, das nicht gerade. Aber er ist dein Chef. Als wir uns kennenlernten wusste ich es nicht. Wir haben nie über die Arbeit gesprochen", fügte ich hastig hinzu. Rika starrte mich mit großen Augen an.

„Das kann doch nicht dein Ernst sein", brachte sie schließlich hervor. „Herr Schmidt ist dein Vater? Was hatte er denn gegen mich?"

„Du warst seiner Meinung nach nicht gut genug für mich", flüsterte ich niedergeschlagen. Es war wahnsinnig schwer, diese Tatsache laut auszusprechen.

„Moment mal. Er hat von dir verlangt, dass du den Kontakt abbrichst, weil er sonst mein Leben ruinieren würde? Und das hast du ihm geglaubt?" Ihre veilchenblauen Augen schienen sturmumwölbt.

„Und er hätte den Rest des Darlehens sofort fällig gesetzt, sodass ich wahrscheinlich meinen Anteil an Timos Firma verloren hätte", erklärte ich weiter.

„Er hätte ohne mit der Wimper zu zucken seinem Sohn die Existenz genommen? Alles wofür du mit Timo gearbeitet habt? Das gibt es doch nicht!" Da sie mir nach wie vor nicht ganz glauben wollte, musste ich wohl oder übel noch weiter die Hosen runterlassen.

„Ja, das hätte er und nicht nur das. Obendrein hätte er mich enterbt und mir alle Dinge genommen, die für mich von emotionalem Wert sind. Du kennst ihn nicht so gut wie ich. Seine Macht, seine Firma und sein Geld bedeuten ihm alles. Meine Mutter hat er vergrault, als ich zehn Jahre alt war. Ich habe nie wieder etwas von ihr gehört. Es war als wäre sie gestorben und ich durfte nicht über sie reden, geschweige denn nach ihr fragen. Er lebte sein Leben einfach weiter und was aus dem kleinen Jungen wurde, der plötzlich ohne Mutter dastand, schien ihn nicht zu interessieren. Oh, er stellte immer wieder eine Nanny ein. Es waren junge Frauen, die ständig wechselten, sodass ich irgendwann erkannte, dass es nichts brachte, mich an sie zu gewöhnen. Heute denke ich, dass sie gehen mussten, sobald mein Vater mit ihnen durch war oder nicht landen konnte." Ich beugte mich vor und bedeckte mein Gesicht mit den Händen, als ich den Schmerz zuließ, der schon so lange Zeit in mir schwelte, den ich aber immer wieder recht erfolgreich unterdrückt hatte.

Rika rutschte näher und legte eine Hand auf meinen Oberschenkel. Mit dieser simplen Geste sagte sie mehr als tausend Worte, sodass ich mich seltsam getröstet fühlte. Doch das hätte nicht jeder Mensch vermocht, soviel war mir sofort klar. Dazu brauchte es sie, die Frau, die sich vor einem Jahr in mein Herz geschlichen hatte und daraus nie wieder verschwunden war. Ich sah es immer klarer: Ich liebte Rika! Von ganzem Herzen! Und ich würde alles tun, damit wir endlich zusammen sein konnten.

„Es tut mir leid, dass du das alles durchmachen musstest“, wisperte sie schließlich. „Was wird er tun, wenn er erfährt, dass wir uns zufällig wiedergetroffen haben und dass du keinen großen Bogen um mich gemacht hast?“

Lächelnd nahm ich die Hände herunter und schaute sie an. „Mir kann er nichts mehr anhaben. Seit ich hier bin, habe ich meine Angelegenheiten geregelt und auch ohne dass wir uns begegnet wären, hätte ich mich komplett von ihm losgesagt. Sobald ich wieder zu Hause bin, werde ich ihn aufsuchen, alles zusammenpacken, was für mich von Wert ist und ihm einen Zahlungsbeleg über die Restsumme des Darlehens überreichen. Seit einem Jahr habe ich ihm so viel zurückgezahlt, dass es keine große Summe mehr ist“, verkündete ich stolz.

„Wie kann ein Vater seinen Sohn nur dermaßen unter Druck setzen?“, fragte Rika kopfschüttelnd.

„Ich weiß nicht, was ihn da jedes Mal antreibt“, entgegnete ich tonlos. „Manchmal glaube ich, dass er gar nicht in der Lage ist, wirkliche Gefühle zu empfinden. Empathie ist ihm auf jeden Fall fremd. Timo und mir kann er nichts mehr anhaben. Aber dir. Und ich weiß nicht, wie ich es verhindern soll.“

„Mach dir darüber keine Gedanken“, winkte Rika ab. „Dein Vater hat sich seit einem Jahr mir gegenüber wie ein Arsch benommen und ich suche sowieso gerade eine neue Stelle. Nun weiß ich wenigstens, was sein Verhalten ausgelöst hat.“

„Er hat was?!“ Daraufhin erzählte sie mir von seinen Nickligkeiten, die ihr einen guten Job madig gemacht hatten.

„Das ist Mobbing!“, rief ich entrüstet und nahm mir vor, meinem Vater auch dazu ein paar Dinge deutlich zu machen. In mir brodelte es vor Wut auf diesen Mann. Im Grunde war er nur mein Erzeuger, denn wie ein Vater hatte er sich nie verhalten.

Mein Herz fühlte sich unendlich erleichtert, dass Rika mich nicht für mein Verhalten zu verurteilen schien. Ich rutschte zum Kopfteil des Bettes, lehnte mich dagegen und machte es mir etwas bequemer. Fragend schaute ich Rika an und deutete auf die andere Seite, in der Hoffnung, dass sie meine Einladung annehmen würde.

Zu meiner großen Freude nahm sie sie an, sodass wir kurze Zeit später nebeneinander saßen und ich die alte Vertrautheit zwischen uns wieder wahrnahm. Wie sehr hatte ich das vermisst! Für einen Moment hingen wir unseren Gedanken nach.

„Hast du nie versucht, sie zu finden?“, fragte Rika schließlich leise.

„Doch, aber ich wusste nicht, wo ich ansetzen sollte. Sie hat den Kontakt zu sämtlichen Menschen aus ihrer Umgebung abgebrochen. Niemand wusste, wo sie war. Ich habe keine Ahnung, ob sie noch in Deutschland lebt oder ob sie gar verstorben ist.“ Bei diesem Gedanken musste ich schlucken. „Selbst Kai, der ein tolles Verhältnis zu ihr hatte und für den sie wie eine Schwester war, wusste nichts über ihren Verbleib. Sie waren engste Vertraute, sodass sie ihm erzählte, wie unglücklich sie war. Ich glaube, er hat auch sehr darunter gelitten, dass sie wegging.“

„Also ist Kai der Bruder deines Vaters?“

„Kaum zu glauben, oder?“

Wie von selbst fanden sich unsere Hände und wir wandten unsere Gesichter einander zu. Mein Lächeln wurde von ihr gespiegelt und mein Herz sang vor Freude. Sie war wirklich die eine für mich! So wie mit ihr war es noch nie mit einer Frau gewesen. umso mehr ein Grund, sie nicht wieder gehen zu lassen.

Kapitel 24

Rika

Es war schon ein starkes Stück, was sich Adrians Vater da geleistet hatte. Doch ich glaubte ihm seine Geschichte, sodass meine Wut auf ihn verrauchte, auch wenn er die Sache anders hätte angehen können. Zumindest meiner Meinung nach. Allerdings kannte ich Herrn Schmidt mittlerweile zur Genüge. Als Sohn war es bestimmt auch nicht leicht, dagegen anzugehen. Was konnte er mir schon mehr antun, als mich zu kündigen? Dafür würde ich mich wahrscheinlich sogar noch bedanken!

Sanft liebkoste Adrian mit einem Finger meinen Handrücken, woraufhin mir ein wohliger Schauer über den Rücken kroch. In seinen Augen erkannte ich dieselbe Sehnsucht, die auch in mir brannte. Nun musste nur noch einer von uns seine Angst überwinden und den ersten weiteren Schritt wagen. Mir selbst konnte ich wirklich nichts mehr vormachen. Die Gefühle von damals drängten wieder an die Oberfläche und fluteten mein Herz ebenso wie meine Seele. Das war der Mann, den ich wollte. Seinetwegen hatte kein anderer Kerl eine Chance bei mir gehabt.

„Mach so etwas nie wieder“, flüsterte ich. „Wenn etwas ist, dann rede mit mir und wir finden gemeinsam eine Lösung.“ Dann gab ich meinem Verlangen einfach nach, und schwang mich auf seinen Schoß, um ihn endlich zu küssen. Für einen Moment schien er überrascht, doch dann war er ganz bei mir. Als seine Lippen meine berührten, kannten wir kein Zurück mehr. Hell lodernd schoss die Lust durch meinen Körper, während wir fieberhaft versuchten, all unsere Kleidungsstücke schnellstens loszuwerden. Endlich fühlte ich seine weiche Haut wieder unter meinen Fingern und konnte es gar nicht abwarten, ihn vollends zu spüren.

Wir ergaben uns unserer Leidenschaft, ließen uns nicht bremsen. Ihn in mir zu spüren, löste eine wahre Welle an Gefühlen aus, die ich nicht mehr beherrschen konnte. Sehnsüchtig und hingebungsvoll gaben wir uns unseren Bewegungen hin. Seufzend und hitzig. Schneller, härter. Bis wir in unsere Einzelteile explodierten.

Nebeneinander lagen wir auf dem Bett, versuchten zu Atem zu kommen. Adrian zog mich an seine Brust und es war wie heimkommen, als würde ich schon immer dorthin gehören.

„Wow, das war … explosiv“, murmelte er. „Und viel schneller vorbei, als erwartet.“

„Das war Wahnsinn und kam völlig unerwartet“, gab ich leise zurück. Meine Hand ruhte auf seiner Brust. Träge zog ich mit dem Finger Kreise darüber.

„Hast du das vorhin ernst gemeint?“, fragte er, während er mir einen Kuss aufs Haar drückte.

„Was genau?“, wisperte ich schläfrig.

„Dass wir über alles reden können, nichts mehr zwischen uns kommt und wir gemeinsam eine Lösung für alles finden?“ Er holte tief Luft. „Du willst mich noch? Das war keine einmalige Sache für dich?“

Lächelnd stützte ich mich auf einen Ellbogen, um seinen blaugrünen Blick zu suchen. „Glaubst du ernsthaft, dass das nur für ein einziges Mal war? Himmel, ich könnte süchtig nach dir werden, schließlich habe ich mich schon damals in dich verliebt. Deshalb hat dein Verhalten auch dermaßen geschmerzt.“

„Es tut mir leid“, flüsterte er. „Ich wollte alles richtigmachen und doch war alles falsch. Ich hätte wissen müssen, dass wir es schaffen könnten. Stärker sein müssen. Meinem Vater die Stirn bieten müssen.“

„Hey, jetzt hör auf mit dem Quatsch. Vielleicht musste alles so kommen. Wer weiß. Als wir uns zufällig hier wiedertrafen, habe ich das Schicksal praktisch verflucht, weil es mir gezeigt hat, dass du mir nicht egal bist. Es kommt auch nicht darauf an, wie oft ich versucht habe, mir genau das einzureden. Es hat einfach nicht funktioniert.“ Ich war immer noch überwältigt von meinen eigenen Gefühlen, von denen ich nicht geahnt hatte, dass sie ebenso tief sind wie damals.

„Aber verhalte dich nie wieder so wie vor einem Jahr. Ich war mir nicht mehr sicher, ob du das, was wir haben, als Beziehung oder lediglich als Affäre ansiehst. Es hat mich an mir und meiner Menschenkenntnis zweifeln lassen“, flüsterte ich.

„Das tut mir wahnsinnig leid. Es geschah nur, um dich zu schützen. Weil es so wahnsinnig schwer war, mich von dir fernzuhalten, blieb mir kaum eine andere Möglichkeit, als mich komplett zurückzuziehen. Denn ansonsten wäre ich schwach geworden“, erklärte er nochmals. „Ich verspreche dir, dass ich in Zukunft immer erst das Gespräch suchen werde, ehe ich die Flucht ergreife.“ Schmunzelnd zwinkerte er mir zu, was mir ein Lächeln aufs Gesicht zauberte. Ich wollte ihm so gern glauben, doch auch wenn wir uns versöhnt hatten, saß der Stachel tief. Es würde eine ganze Weile dauern, ehe er nicht mehr zu spüren sein würde.

„Weißt du, zum ersten Mal seit langer Zeit habe ich es langsam angehen lassen. Deshalb hat es auch bis heute gedauert, bis ich mit dir geschlafen habe. Du warst mir von Anfang an so wichtig, dass ich dich erst einmal kennenlernen wollte“, erwiderte er ernst. „Dann kam mein Vater dazwischen. Doch das wird nie wieder geschehen.“ Nun klang seine Stimme geradezu grimmig. Er beugte sich zu mir hinüber, gab mir einen Kuss und zog mich wieder an sich. „Ich liebe dich“, raunte er. „Schon seit damals. Und mich von dir fernzuhalten war eines der schwersten Dinge, die ich je im Leben tun musste.“

Mein Herz raste, während das Kribbeln von Millionen Schmetterlingsflügeln in meinem Bauch zu einem wahren Sturm heranwuchs. Glückselig kuschelte ich mich näher an ihn und in mir wuchs ein Entschluss.

„Morgen fährst du heim“, meinte Adrian leise. „Wirst du zu Hause auf mich warten? Ich würde gern noch eine Woche hierbleiben.“

„Klar würde ich warten, aber soeben habe ich beschlossen, dass ich hierbleiben will, wenn dein Onkel noch ein Zimmer frei hat“, erklärte ich lachend, woraufhin er mich fest in seine Arme schloss.

„Ist das dein Ernst?“

„Natürlich, sonst würde ich es nicht sagen.“

„Sollte kein Zimmer mehr frei sein, ist immer ein Platz in meinem Bett für dich frei. Ach was, bleib einfach sofort hier." Stürmisch küsste er mich, legte all seine Gefühle hinein und verzauberte mich erneut. Dieses Mal liebten wir uns allerdings langsam und inniglich, ehe wir schließlich Arm in Arm einschliefen.

Gott sei Dank hatte ich den Wecker an meinem Smartphone gestellt, sonst hätte ich am nächsten Morgen glatt verschlafen, denn die Nacht war kurz gewesen. Meinen Koffer hatte ich zum Großteil schon am Vorabend gepackt, sodass ich ihn nachher nur noch holen musste. Doch nun wollte ich mich von meinen Mädels verabschieden, denn diese würden sich bald auf den Heimweg machen.

Schnell zog ich mir die Kleidung vom Abend wieder an. Adrian schlummerte noch friedlich, wie ich mit einem Blick lächelnd feststellte, ehe ich das Zimmer verließ. Offensichtlich kam ich gerade rechtzeitig, wie ich erleichtert erkannte, als ich die Lobby betrat, denn in ihren Zimmern hatte ich die Mädels nicht mehr angetroffen.

„Rika! Da bist du ja! Zieh dich schnell an, der Bus kommt in einer halben Stunde und zum Frühstücken hast du auch keine Zeit mehr!" Nadja war vollkommen aufgelöst, dabei wäre ich locker in der Zeit fertig geworden, wenn es relevant gewesen wäre. Alle bis auf Lexi musterten mich skeptisch. Kein Wunder, denn sie war die einzige, die beinahe über alles im Bilde war. Wir tauschten einen verschwörerischen Blick. Ihre Mundwinkel hoben sich zu einem amüsierten Lächeln.

„Beruhige dich, Nadja“, schlug ich locker vor und als sie Anstalten machte, erneut etwas zu sagen, brachte ich sie mit einem Kopfschütteln zum Schweigen.

„Mädels, ich bleibe noch ein wenig hier“, erklärte ich, woraufhin Lexi grinste und mir ihren erhobenen Daumen präsentierte. Die anderen starrten mich mit offenem Mund und großen Augen an.

„Aber … Warum? Was ist denn passiert?“, fragte Mona verwirrt.

„Hat es etwas mit dem Mann von gestern zu tun?“, wollte Ella neugierig wissen.

„Darauf könnt ihr wetten. Ich bleibe noch ein paar Tage. Mir tut der Urlaub gut und außerdem möchte ich herausfinden, was das zwischen Adrian und mir ist. Wenn ich jetzt gehe, werde ich es nie wissen und mich immer fragen, was gewesen wäre“, meinte ich. Von der gemeinsamen Nacht erzählte ich ihnen nichts, ebenso wenig von Theo. Je weniger Mitwisser es gab, desto besser. Schlimm genug, dass Adrian Bescheid wusste und doch gab mir das die Chance, ein wenig Zeit mit ihm zu verbringen und ihn noch näher kennenzulernen. Im Grunde hatten wir es ihm zu verdanken, dass wir nun die Möglichkeit bekamen, ein wirkliches Paar zu werden. Oder etwa nicht? Wenn er nicht gewesen wäre … ja was eigentlich?

Lexi trat an mich heran, um mich zu umarmen und unterbrach damit meine wirren Gednken. „Ich wusste, dass du dich für das Richtige entscheiden würdest“, flüsterte sie mir ins Ohr. „Ich freu mich so für euch.“

„Danke“, wisperte ich zurück. „Wir lassen es langsam angehen und schauen, wohin es uns führt.“

„Ihr habt alle Zeit der Welt.“

„Echt jetzt?“, kreischte Lilli. „Hach, das ist so cool!“

„Komm wieder runter“, winkte ich ab. In diesem Moment erstarrte Ella und schaute an mir vorbei.

„Da ist er …“, flüsterte sie nur. Langsam drehte ich mich um. Adrian schien es eilig gehabt zu haben, denn er trug lediglich Jeans und T-Shirt. Nicht einmal Schuhe hatte er angezogen, nein, er lief sogar barfuß. Irritiert starrte ich ihn an. Verlegen versuchte er sein Haar zu glätten.

„Hey“, begrüßte ich ihn leise. „Alles in Ordnung?“

„Jetzt ja“, erwiderte er lächelnd.

Kapitel 25

Adrian

Als ich erwachte, war die andere Seite des Bettes leer und bereits kalt, als ich mit der Hand darüberstrich. Ich schreckte hoch und dachte im ersten Moment alles wäre nur ein besonders intensiver Traum gewesen, doch ihr Duft haftete noch in den Kissen. Also war die vergangene Nacht real gewesen. War Rika vielleicht unter der Dusche? Doch so sehr ich mich auch anstrengte, ich konnte keine Geräusche aus dem Bad vernehmen. Wo konnte sie nur sein? Abrupt setzte ich mich auf und sah mich um. Ihre Kleidung war verschwunden, nur meine eigene lag noch auf dem Boden verstreut.

Mein Herz raste, denn mit einem Mal hatte ich Angst, dass SIE dieses Mal gegangen sein könnte.

Vielleicht hatte sie sich doch dazu entschieden, ihre Freundinnen zu begleiten? Ich griff nach der erstbesten Jeans und schlüpfte hinein. Dazu noch ein T-Shirt. Dann schnappte ich mir die Schlüsselkarte und verließ das Zimmer. Dass ich nicht einmal Socken oder Schuhe trug bemerkte ich erst, als ich an ihrer Zimmertür klopfte. Nichts war zu hören! In dem Moment hielt der Aufzug auf der Etage und ein älteres Ehepaar stieg aus. Schnell sprintete ich hinüber und stand gerade drin, als sich die Türen wieder schlossen. Meine Gedanken rotierten, ließen sich nicht fassen und ich betete darum, dass sie nicht einfach so gegangen war – wie ich.

Als ich aus dem Aufzug trat, sah ich sie bei ihren Freundinnen in der Lobby stehen. Vor Erleichterung plumpste mir ein wahrer Felsbrocken von meinem Herzen, der mich zu erdrücken gedroht hatte. Für einen Moment hielt ich inne, um die Szene zu beobachten, ehe ich langsam hinüberging. Gerade umarmte sie Lexi. Außerdem konnte ich wieder klar denken, denn ich erkannte, dass Rika die Kleidung vom Vorabend trug und als einzige keinen Koffer dabeihatte. Anscheinend hatte sie es sich nicht anders überlegt!

Da sie mit dem Rücken zu mir stand, musste mich eine ihrer Freundinnen entdeckt und auf mich aufmerksam gemacht haben, denn sie drehte sich lächelnd um. Dann kniff sie leicht die Augen zusammen und musterte mich aufmerksam, woraufhin ich den

Drang verspürte, wenigstens meine Haare glätten zu wollen.

„Hey", begrüßte sie mich leise. „Alles in Ordnung?"

„Jetzt ja!", gab ich lächelnd zurück. Mein Herz jubilierte.

Sie musterte mich eindringlich mit ihren veilchenblauen Augen und mir war, als wollte sie mir bis auf den Grund meiner Seele schauen. Mit Sicherheit erkannte sie meine Sorge, dass sie ohne Abschied nach Hause gefahren sein könnte, die mich dazu angetrieben hatte, das Hotelzimmer ohne Schuhe und Socken zu verlassen.

„Du scheinst es eilig gehabt zu haben", stellte sie fest.

„Ein wenig", gab ich unumwunden zu. Hinter Rikas Rücken vernahm ich verhaltendes Kichern.

„Ich musste mich wenigstens von meinen Mädels verabschieden, wenn ich schon nicht mitfahre", erklärte sie mir, ehe sie meine Hand nahm und mich an ihre Seite zog.

„Das ist übrigens Adrian. Für alle, die es noch nicht wissen", wandte sie sich an die anderen. Lexi grinste von einem Ohr zum anderen, während die restlichen Frauen mich ein wenig skeptisch beäugten. Ich nahm an, dass sie unsere Geschichte nicht kannten, so konnte ich es ihnen nicht verdenken. In ihren Augen musste es so aussehen, als würden wir uns gerade erst kennen.

Sie murmelten einen Gruß. Ein lautes Hupen vor der Tür ließ uns zusammenfahren. „Mädels, wir müssen los“, drängte die kleine Rothaarige. „Rika, viel Spaß noch und genieße deine Auszeit!“ Auch die anderen verabschiedeten sich. Eine nach der anderen eilte mit ihrem Koffer hinaus, bis nur noch Lexi übrigblieb.

„Dass mir keine Klagen kommen“, meinte sie vergnügt. „Genießt die Zeit, die ihr hier noch habt. Rika, ich kümmere mich um deine Blumen, falls du sonst niemanden dafür hast.“

„Danke, Süße! Kommt gut nach Hause! Auf der Heimfahrt kannst du den Mädels die ganze Geschichte erzählen, falls sie dich mit Fragen löchern sollten.“

„Du kennst sie doch. Macht’s gut!“ Dann schnappte sie sich ihren Koffer und eilte hinaus. Kaum war sie eingestiegen, fuhr der Kleinbus auch schon los. Offenbar hatten sie es wirklich eilig.

Rika drehte sich zu mir um. „So, mein Lieber. Du hattest also Schiss, dass ich ohne Abschied abgehauen wäre?“ Himmel, sie hatte es wirklich gut erfasst. „Das würde ich nie tun, vor allem nicht, nachdem ich dir gesagt habe, dass ich bleibe. Komm mit. Du solltest dir etwas an die Füße ziehen. Der Boden muss saukalt sein.“ Damit zog sie mich zum Aufzug. Sie hatte recht. Der Steinboden war wirklich empfindlich kalt. Außerdem drang durch die, sich immer wieder öffnende, Tür kühle Luft herein, die mich zittern ließ.

„Ich muss meine Sachen naus dem Zimmer holen", fiel Rika plötzlich ein, als wir in der Kabine standen.

„Keine Sorge, du hast noch massig Zeit", beruhigte ich sie, denn es war gerade erst neun Uhr und bis zehn musste ausgescheckt sein. „Lass mich erst Schuhe anziehen, dann helfe ich dir."

„Ist gut." Mit einem Mal klang sie ein wenig bedrückt, sodass ich sie in meine Arme zog.

„Hey, was ist los?", wollte ich wissen, denn gerade eben hatte sie noch blendende Laune gehabt.

„Ich weiß nicht", flüsterte sie.

„Komm wir gehen aufs Zimmer und reden", schlug ich vor, als die Aufzugtüren auseinanderglitten. Bereitwillig ließ sie sich von mir führen. Ich öffnete die Tür und schob sie in den Raum. Dann setzte ich mich aufs Bett und sah sie erwartungsvoll an. Unschlüssig blieb sie stehen. Dass sie angestrengt nachdachte, erkannte ich daran, dass sie die Unterlippe zwischen ihre Zähne zog. Mit einem Mal ließ sie sich zu mir aufs Bett sinken.

„Es ist alles so überwältigend. Dennoch habe ich Angst, dass du so eine Nummer noch einmal abziehst", flüsterte sie schließlich. „Ich würde es nicht ertragen, noch einmal einen Menschen zu verlieren, der mir so viel bedeutet." Entsetzt starrte ich sie an, als sich eine einsame Träne aus ihrem Auge löste und ihre Wange hinabrann.

„Das wird nicht passieren", versicherte ich ihr, während ich sie in meine Arme zog. „Ich liebe dich. Keine andere Frau löst diese Gefühle in mir aus. Vorher nicht und jetzt auch nicht. Das musst du mir bitte glauben."

„Aber was ist, wenn du dich von deinem Vater wieder dermaßen unter Druck gesetzt fühlst?"

„Dann habe ich dich an meiner Seite und gemeinsam schaffen wir das", erklärte ich zuversichtlich. Sie kuschelte sich an mich, woraufhin ich mich nach hinten sinken ließ, damit wir es bequemer hatten.

„Was für einen Menschen hast du verloren?", erkundigte ich mich leise. „Möchtest du darüber reden?" Sie zuckte zusammen und erstarrte kurz, ehe sie seufzte.

„Meine Jugendliebe Kiki. Wir waren fast fünf Jahre zusammen", flüsterte sie schließlich. „Es liegt nun schon ein paar Jahre zurück, dennoch falle ich zu dieser Jahreszeit immer in ein dunkles Loch. Vor allem, seit meine Eltern vor zwei Jahren ebenfalls kurz vor Weihnachten gesundheitliche Probleme bekamen. Ich hatte Angst, sie zu verlieren und dann allein dazustehen. Ja, ich weiß, ich bin erwachsen. Dennoch sind sie meine einzige Familie. Und dann im letzten Jahr … Da hatte ich endlich das Gefühl, dass es nach Kiki doch noch einen passenden Deckel für mich gibt."

„Und dann habe ich mich so feige verhalten", ergänzte ich. „Es tut mir so leid. War die Trennung von Kiki sehr schlimm?"

„Wir haben uns nicht getrennt, er ist gestorben", erklärte sie mit brechender Stimme. Ich zog sie noch näher an mich. Oh mein Gott! Nun wünschte ich, ich hätte nie davon angefangen. Der Schmerz darüber saß offenbar noch tief.

„Ein Autofahrer hat an diesem Tag die Kontrolle über seinen Wagen verloren und ist in eine Bushaltestelle gekracht. Kiki und ein paar andere Menschen wurden zum Teil schwer verletzt. Eigentlich hätte ich dabei sein sollen, doch wir hatten uns vorher gestritten, sodass ich zu Hause geblieben bin, um mich zu beruhigen. Er ist gestorben, ohne das Bewusstsein wiedererlangt zu haben. Wie gern hätte ich mich erst noch mit ihm vertragen."

Zu wissen, dass man im Streit auseinandergegangen war und es niemals wieder gutmachen zu können, musste schrecklich sein.

„Wenn ich da gewesen wäre …", fing sie wieder an.

„… dann hättest auch nichts tun können, oder? Womöglich wärst du selbst verletzt oder gar getötet worden. Ich glaube nicht, dass dein Kiki das gewollt hätte."

„Ich weiß, dass es nichts geändert hätte, dass ich nichts hätte tun können. Dennoch habe ich beinahe so etwas wie ein schlechtes Gewissen, weil ich lebe und er nicht."

„Ich bin kein Therapeut, aber du musst damit leben lernen, es überwinden. Wenn du es allein nicht schaffst, dann suche dir Hilfe. Das wäre im Übrigen etwas, was ich bezüglich meiner Eltern ebenso tun sollte", stellte ich fest. Während ich mit Rika redete, war es mir klargeworden: Hilfe hatte ich ebenso nötig, denn auch ich hatte mein Päckchen zu tragen. Mir war bewusst, dass meine Mutter nicht meinetwegen gegangen war, dennoch fühlte ich mich mitschuldig. Mein Verstand wusste es, doch auf anderer Ebene kam es nicht an.

„Apropos Hilfe: Was machen wir jetzt mit Theo? Dir ist schon klar, dass er nicht ewig im Spa hausen kann? Wir müssen das den Behörden melden", wechselte ich auf ein Thema, welches mir ebenso unter den Nägeln brannte.

„Ich weiß", erwiderte sie unglücklich. „Aber ich wollte sein Vertrauen nicht missbrauchen. Sobald er etwas vom Amt hört, sehen wir ihn nicht wieder."

„Da könntest du recht haben. Wir sollten heute Abend nochmals mit ihm reden. Vielleicht lässt er sich ja umstimmen. Vor allem, da er ebenso über zweite Chancen nachdenkt." Lächelnd küsste ich sie sanft.

Mit einem Mal klopfte es laut an der Tür. „Adrian! Seid ihr da drinnen? Rika sollte ihre Sachen aus dem Zimmer holen", ertönte Kais Stimme auf der anderen

Seite. Wir sahen uns an und lachten los. Verschwunden war nun die Traurigkeit, die vor kurzem noch im Raum gehangen hatte.

„Wird gemacht, Chef!“, gab ich schmunzelnd zurück.

Kapitel 26

Rika

Gemeinsam machten wir uns auf den Weg, um meine Sachen zu packen und das Zimmer freizugeben. Dann zog ich offiziell bei Adrian ein. Noch immer erwartete ich, dass ich plötzlich aus dem schönen Traum aufwachen würde. Doch nichts dergleichen geschah.

Als ich zum ersten Mal einen Blick aus dem Fenster warf, juchzte ich auf. Über Nacht hatte sich die Umgebung in ein prächtiges Winterwunderland verzaubert, denn nun lag alles unter einer dicken, weißen Decke. Der Schnee war hier wohl längst überfällig gewesen und ich freute mich, dass ich diese Szenerie noch erleben durfte. Adrian trat hinter mich, umschlang mich mit seinen Armen und legte seinen Kopf auf meine Schulter.

„Traumhaft, oder?“, wisperte er.

„Auf jeden Fall! Lass uns rausgehen!“, forderte ich ihn auf. Die graue Wolkendecke vom Vortag war aufgerissen, sodass sie hin und wieder einen Blick auf blauen Himmel freigab. Die Sonne blinzelte durch die Lücken strahlend hervor und in diesen Momenten glitzerte alles, wie von Millionen Kristallen bestäubt. Das Dorf zu Füßen des Schlosses wirkte wie aus einem Miniaturwinterland.

„Na, dann mal los!“ Wie der Blitz warfen wir uns in warme Kleidung und machten uns auf den Weg in die Lobby. Dort begegneten wir Kai, der uns mit einem wissenden Lächeln musterte.

„Na, da ist nun wohl zusammen, was zusammengehört, wie mir scheint“, meinte er. Daraufhin drückte Adrian mich an sich und grinste breit.

„Sieht ganz danach aus. Deine kleine List hat gewirkt, obwohl ich mich fragen lassen musste, ob wir die Originalbesetzung des Engels beiseitegeschafft hätten.“ Oh man, das hätte er sich wirklich schenken können. Ich spürte, wie mir die Röte in die Wangen schoss, als Kai mich mit hochgezogener Augenbraue musterte.

„Da hat wohl jemand Bedenken, dass mein Bruder auf uns abgefärbt haben könnte“, erwiderte er lediglich und zwinkerte mir zu. Wusste er denn wirklich alles?

„Lass dich nicht ärgern“, riet er mir. „Wir sind zwar mit dem Rüpel der Familie verwandt, aber Verwandtschaft kann man sich leider nicht aussuchen. Schließlich habe ich nicht umsonst hunderte Kilometer Abstand zwischen uns gebracht. Mein großer Bruder war für mich nicht mehr tragbar. Aber ich will euch nicht aufhalten. Ihr seht aus, als hättet ihr etwas vor.“ Er winkte noch einmal, drehte sich um und ging davon.

„Du altes Plappermaul“, beschwerte ich mich bei Adrian, als sein Onkel außer Hörweite war.

„Sei nicht sauer. Er ist nun mal meine einzige Familie“, meinte er schulterzuckend. Dann führte er mich hinaus in die kalte Winterluft.

„Wann taucht Theo für gewöhnlich auf?“, erkundigte sich Adrian nach dem Abendessen, als es langsam etwas ruhiger wurde.

„Dazu muss das Spa erst einmal geschlossen sein“, erklärte ich. „Schließlich will er nicht entdeckt werden. Wir wollen doch keinen Ärger.“

„Okay, dann haben wir noch ein wenig Zeit für uns“, stellte er grinsend fest. „Ich könnte eine heiße Dusche brauchen. Kommst du mit?“

„Was für eine wundervolle Idee!“ Gemeinsam gingen wir auf unser Zimmer, welches wir trotz des Angebotes von Kai, umzuziehen, behalten hatten. Wir benötigten keinen Luxus, sondern genossen einfach nur die Zeit und die Nähe zu zweit. Das war uns einfach genug.

Als wir nach der Dusche erhitzt ins Zimmer zurückkehrten, fanden wir auf dem Boden vor der Zimmertür ein Blatt Papier vor.

„Nanu! Das ist vorher noch nicht dagewesen", stellte Adrian fest und ging hinüber, um es aufzuheben. „Das ist von Theo." Verdutzt starrte ich ihn an. Woher wusste der Junge denn, wo er uns finden würde? Ich hatte ihm doch gar nicht gesagt, in welchem Zimmer ich wohnte. Außerdem war ich umgezogen.

„Was schreibt er denn?", fragte ich neugierig und setzte mich aufs Bett, woraufhin Adrian sich zu mir gesellte.

„Liebe Rika, lieber Adrian", las er vor, *bestimmt wundert ihr euch, dass ich euch schreibe. Aber mir ist der Abschied so lieber. Ja, ihr lest richtig, ich verabschiede mich. Vielen Dank für die Hilfe in den vergangenen Tagen, liebe Rika. Ohne dich hätte ich mir wohl irgendwo den Hintern abgefroren und danke für deine Verschwiegenheit, Adrian. Ihr habt beide das Herz am rechten Fleck.*

Ich hatte viel Zeit zum Nachdenken, als ich unten auf der Couch lag und wenn ihr es schafft, euch gegenseitig eine zweite Chance zu geben, dann ist es vielleicht an der Zeit, dass ich heimkehre und diese Möglichkeit ebenfalls nutze. Meine Zeit auf der Straße ist vorbei.

Ich freue mich, dass ihr euch wiedergefunden habt und wünsche euch alles Gute für eure gemeinsame Zukunft. Werdet einfach glücklich miteinander!

Euer Theo

Mir kullerten ein paar Tränchen die Wangen hinunter, als mir klarwurde, dass Theo wohl wirklich fort war. Nicht umsonst hatte er sich die Mühe gemacht, uns ausfindig zu machen und diesen Brief zu schreiben. Doch es freute mich, dass er zu Weihnachten vielleicht schon wieder zu Hause war. Was wohl seine Eltern zu seiner Heimkehr sagen würden?

„Hey, nicht weinen. Er geht nach Hause zurück. Das ist doch super!"

„Trotzdem hätte ich mich gern persönlich verabschiedet", erwiderte ich leise.

„Ich weiß. Du mochtest ihn, oder?"

„Er ist mir in den wenigen Tagen echt ans Herz gewachsen, obwohl wir nur wenig Zeit miteinander verbracht haben", gab ich zu.

„Ich liebe dich und dein großes Herz", raunte er, während er mich an sich zog.

In den folgenden Tagen sorgte er dafür, dass ich gar nicht die Zeit hatte, über Theo nachzudenken, denn wir unternahmen einige Ausflüge in die nächsten Städte, besuchten Weihnachtsmärkte oder wanderten durch die Natur. Kurz: Wir genossen unsere Zweisamkeit. Doch die Zeit hier war endlich, denn am Samstag würden wir heimfahren. Ich wollte gar nicht so viel darüber nachdenken, was dann geschah, denn im Hinterkopf brannte noch immer der Gedanke daran, dass dann alles vorbei sein könnte. Was würde Adrians Vater tun, wenn er erfuhr, dass wir nun wirklich ein Paar waren?

Adrian wischte meine Bedenken stets beiseite, doch mir konnte er nichts vormachen, denn dazu kannte ich ihn inzwischen zu gut. Während unseres Aufenthaltes hatten wir beide unsere Schutzwälle um unser Innerstes fallen gelassen. Ich wusste also, dass er sich doch ein klein wenig Sorgen machte.

Kapitel 27

Adrian

Als wir an diesem Donnerstag fröhlich, wenn auch durchgefroren, bei Anbruch der Dunkelheit ins Hotel zurückkehrten, stürzte uns in der Lobby bereits Kai entgegen. Er war blass, auf seinem Hals zeigten sich hektische rote Flecken und seine Augen glänzten eigentümlich. Was war denn mit dem los? So kannte ich ihn gar nicht!

„Adrian", keuchte er. „Du ahnst nicht, was passiert ist!"

„Wie auch? Ich war den ganzen Tag unterwegs", wunderte ich mich. Rika rückte instinktiv näher an mich heran. Unbehagen kroch in mir herauf. War etwas Gutes oder etwas Schlechtes geschehen?

„Ich weiß! Schließlich warte ich schon seit Stunden auf euch! Und ich weiß überhaupt nicht, wie ich es dir sagen soll, Adrian.“ Nervös verschlang er die Hände ineinander, als wüsste er nicht, wohin damit.

„Gut oder schlecht?“, stieß ich hervor. Verflogen war unsere Leichtigkeit, mit der wir zurückgekommen waren.

„Gut, würde ich sagen. Aber dennoch wird es dir einen Schock versetzen.“ Na toll! Das beruhigte mich nicht gerade. Vor allem konnte ich mir überhaupt nicht vorstellen, was er mir mitteilen wollte. „Ich weiß nicht, wie ich es dir sagen soll. Komm einfach mit!“ Aufgeregt griff er nach meiner Hand, um mich mitzuziehen. Überrumpelt folgte ich ihm mit Rika.

Irritiert erkannte ich, dass er auf seine privaten Räume zulief. Was zum Kuckuck hatte das zu bedeuten? Vor der Tür blieb er abrupt stehen und atmete tief durch, ehe er sie öffnete. In seinem Wohnzimmer erkannte ich Iris, die sich leise mit einer Frau unterhielt, die mir den Rücken zuwandte.

„Hast du es ihm gesagt?“, fragte Iris ihren Mann zweifelnd. Kein Wunder, denn mein Gesicht musste ein einziges großes Fragezeichen sein.

„Wie denn? Ich kann es selbst immer noch nicht fassen“, erwiderte Kai überfordert.

„Würde mich jetzt endlich jemand darüber aufklären, was hier vor sich geht?“, wollte ich ungeduldig wissen. Es war ja furchtbar, wie sie mich auf die Folter spannten.

Die Frau stand plötzlich auf, atmete tief durch und drehte sich dann langsam um. Mir stockte der Atem. Das war nicht möglich! Ich starrte sie an wie eine Erscheinung oder wie das Schlossgespenst. Mein Gehirn wollte einfach nicht glauben, wer da vor mir stand. Zischend ließ ich meinen angehaltenen Atem entweichen. Meine Knie zitterten und meine Beine waren weich wie Butter. Deshalb steuerte ich direkt auf die Couch zu und ließ mich darauf sinken. Überfordert schlug ich die Hände vors Gesicht. Sofort war Rika bei mir.

„Adrian? Geht es dir gut? Wer ist die Frau?“ An ihrer Stimme konnte ich erkennen, dass sie Angst hatte und sich das Schlimmste ausmalte. Dabei musste sie uns nur genau ansehen, um zu wissen, wer die Frau vor uns war.

„Rika, das ist meine Mutter“, stellte ich sie ihr mit brüchiger Stimme vor. In mir tobten die Gefühle durcheinander wie ein Tornado. Wiedersehensfreude rang mit Enttäuschung und Wut. Den Rest konnte ich nicht einmal identifizieren, weil es einfach nur unglaublich war.

„Adrian“, flüsterte meine Mutter sichtlich ergriffen.

Ich sah auf. Mit einer Handbewegung brachte ich sie zum Innehalten, als sie Anstalten machte, zu mir zu kommen. „Nicht!“ Ich brauchte Raum zum Durchatmen.

Mein Blick suchte Rika, die mich mit großen Augen beobachtete und nicht zu wissen schien, wie sie reagieren sollte. Himmel, ich wusste es nicht einmal selbst! Einerseits würde ich meine Mutter gern in die Arme schließen, weil ich das seit fast zwanzig Jahren vermisste, andererseits aber auch gern die Füße in die Hand nehmen und weit weg flüchten. Bisher wusste ich noch nicht, was gewinnen würde.

Kai und Iris tauschten einen besorgten Blick. „Sie stand heute ohne Vorwarnung vor der Tür“, erklärte Kai schließlich leise. „Ich wusste nicht einmal, dass sie in Dresden lebt. Katie hat schon mehrere Anläufe unternommen, uns hier zu besuchen, doch erst, als sie hörte, dass du hier bist, hat sie sich dazu durchgerungen.“

„Fast zwanzig Jahre habe ich auf diesen Moment gewartet“, flüstert meine Mutter. Mein Kopf ruckte hoch und ich suchte ihren Blick. Sehnsucht brannte in mir und obwohl Rika mich vervollständigt hatte, wusste ich jetzt, dass dieses kleine Puzzleteil einfach noch gefehlt hatte. Doch mir fehlten die Worte.

„Warum sind Sie gegangen?“, fragte Rika schließlich an meiner Stelle, als die Stille um uns herum erdrückend wurde. Wann war ich je so sprachlos gewesen? Ich könnte mich an keine Gelegenheit erinnern.

„Ich habe zwar keine Ahnung, wer Sie sind, aber da Adrian mit Ihnen so vertraut ist, werde ich Ihnen antworten“, gab Katie zögerlich zurück. Es fiel mir noch schwer, sie direkt wieder als Mutter anzusehen.

„Tut mir leid, wir wurden uns noch nicht vorgestellt. Mein Name ist Rika und ich bin Adrians Freundin.“ Dafür liebte ich Rika gleich noch ein wenig mehr. Sie trat mit einem Mal so souverän und selbstbewusst auf, dass ich stolz auf sie war. Auch wenn mich das bestimmt zum Waschlappen machte, weil sie für mich eintreten musste. Mit allem Möglichen hatte ich gerechnet, aber nicht damit, dass meine Mutter unvermittelt vor mir stehen könnte.

„Ich bin Katie, Adrians Mutter“, gab meine Mutter leise zurück, während sie einen scheuen Blick in meine Richtung warf. „Und ich bin gegangen, weil ich es bei meinem Exmann nicht mehr ausgehalten habe. Körperlich hat er mich nie angerührt, aber er hat eine Art an sich, die …“ Sie unterbrach sich und suchte offenbar nach Worten.

„… die einen verrückt macht?“, schlug Rika vor. Meine Mutter wusste ja nicht, dass sie mit den Eigenarten meines Vaters durchaus sehr vertraut war.

„Ja, das auch“, gab diese seufzend zu. „Ich war noch jung, als ich ihn geheiratet habe, gerade zweiundzwanzig Jahre alt. Damals habe ich ihn geliebt, bewundert und zu ihm aufgesehen. Er war wirklich charmant, sah gut aus und seine Firma fing gerade an, die ersten Gewinne abzuwerfen."

„Ja, charmant kann er sein", murmelte Rika, woraufhin meine Mutter sie irritiert ansah, aber mit ihrer Geschichte fortfuhr.

„Ein Jahr später kam Adrian zur Welt. Er war so ein sonniges Kerlchen und brachte endlich wieder Farbe in mein Leben, denn schon zu dem Zeitpunkt war ich desillusioniert, was meine Ehe anging. Mein Mann ging völlig in der Firma auf, sodass seine Familie lediglich ein eher lästiges Anhängsel war. Statt mich weiter wie seine Liebste zu behandeln, zeigte er mir andere Facetten seiner Persönlichkeit, die er vorher gekonnt verborgen hatte. Neben seiner charmanten Seite verfügte er auch über eine Kälte, die er mich immer dann spüren ließ, wenn ich nicht so agierte, wie er es gern gesehen hätte. Tagelang sprach er dann mit mir kein Wort, strafte mich mit Nichtachtung. Wenn er sich doch einmal dazu bequemte etwas zu sagen, enthielt es immer Spitzen gegen meine Unfähigkeit. Systematisch untergrub er mein Selbstwertgefühl, bis ich es schließlich nicht mehr aushielt. Ich musste mich von ihm trennen, um nicht selbst vor die Hunde zu gehen. Ich wusste, dass er mich nicht ohne Weiteres gehen lassen würde und so suchte ich einen Tag aus, an dem er eigentlich in Hamburg sein sollte. Natürlich wollte ich Adrian mitnehmen und hatte seine Sachen schon zusammengepackt. Ich hätte ihn nur noch von der Schule abholen müssen." Meine Mutter unterbrach sich und ich erkannte, dass sie mit den Tränen kämpfte und die Erlebnisse von damals noch einmal durchlebte.

„Warum hast du es nicht getan?", flüsterte ich. Sie zuckte zusammen, als sie meine Stimme vernahm.

„Er kam überraschend nach Hause, entdeckte die Koffer und damit war alles gelaufen. Natürlich wusste er sofort, was vor sich ging. An sein eiskaltes Lächeln kann ich mich heute noch erinnern, als wäre es gerade erst geschehen. ‚Du hast also vor mich zu verlassen', stellte er nüchtern fest. Was folgte war ein endloser Vortrag darüber, wie undankbar ich wäre, da er mich von der Straße geholt hätte. Das war ausgewachsener Blödsinn. Ich hatte überaus liebe Pflegeeltern, nachdem meine eigenen verstorben waren und habe nie auf der Straße gelebt. Er ist derjenige gewesen, der meine Ausbildung verhindert hat. Was ich mir vorwerfen kann ist, dass ich mich so blauäugig habe einwickeln lassen. Doch ich war jung und leider auch naiv. Und dann brach er mir das Herz, indem er mir darlegte, warum und vor allem, dass ich Adrian nicht mitnehmen würde. Da wurde mir klar, dass er mich wirklich nur als hübsches Anhängsel betrachtete, welches zufällig seinen Sohn und damit Stammhalter zur Welt gebracht hatte. Ich weinte, flehte und schrie. Doch letztendlich hat alles nichts genützt. Er warf mich hinaus und reichte eine Härtefallscheidung ein. Damit nicht genug. Er beantragte alleiniges Sorgerecht und bekam es auch. Nicht einmal ein Umgangsrecht wurde mir zugesprochen. Was er vor Gericht erzählt hat und welche Beweise er vorgelegt hat, um zu belegen, dass ich eine schlechte Mutter sei, alles war an den Haaren herbeigezogen. Doch mir hörte niemand zu. Ich war praktisch sofort als unfähig abgestempelt worden und zwar noch ehe ich ein Wort gesagt hatte.“ Dicke Tränen kullerten ihre Wangen hinunter und auch in Rikas Augen glänzte es verdächtig.

„Du hättest es später noch einmal versuchen können“, hielt ich ihr vor. „Hast du eine Ahnung, wie ich mich fühlte, als ich aus der Schule heimkam und mein Vater mir platt vor den Kopf knallte, dass du weg wärst und nicht wiederkommen würdest? Ich sollte mich besser direkt daran gewöhnen, meinte er.“

„Oh mein Gott!“ Entsetzt schlug sie die Hände vor den Mund. „Das hat er nicht wirklich getan, oder?“ Daraufhin nickte ich lediglich als Bestätigung.

„Wie oft ich mir anhören durfte, dass er mich zu einem richtigen Mann erziehen wollte, denn du hättest ein Weichei aus mir gemacht. Jedes Mal, wenn er mich dabei erwischte, dass ich weinte“, erinnerte ich mich an etwas, was ich lange verdrängt hatte. „Kein Mädchen, keine Frau, einfach kein weibliches Wesen, das ich mir aussuchte, war gut genug für ihn. Meine erste Liebe hat er vergrault und über meinen Kummer gelacht. Von da an war ich vorsichtiger. Und trotzdem hat er immer alles herausgefunden. Er war sich nicht zu schade dafür, mich beobachten zu lassen. Bis ich nur noch lockere Affären hatte. Selbst Rika hat er mir madiggemacht." Diese drückte meine Hand fester.

„Ich hoffe doch, dass du dieses Mal standfester bist", neckte sie mich, doch ich blickte hinter ihre Fassade und erkannte die Angst dahinter.

„Es ist alles vorbereitet", versicherte ich ihr, bevor ich ihr einen sanften Kuss gab.

Nun mischte sich auch Kai ein. „Ich bin jedenfalls froh, dass du hierhergekommen bist, Katie. Es gibt so viel zu erzählen, dass die Zeit gar nicht reicht."

Meine Mutter lächelte leicht. „Ich habe nicht vor, wieder zu verschwinden", versicherte sie uns. „Jetzt weiß ich, dass er mir nichts mehr anhaben kann. Es hat mich sehr viel Mut gekostet zu kommen. Doch ich wollte endlich den Mann kennenlernen, der aus dir geworden ist. Bisher hatte ich nur Fotos."

Entgeistert starrte ich sie an. „Du hast mich gestalkt?" Das durfte doch alles nicht wahr sein!

„Wenn man das so nennt", antwortete sie achselzuckend. „Ich wollte einfach nur wissen, dass es dir gut geht und habe immer mal wieder jemanden beauftragt, der nach dem Rechten schaut. Na ja, so habe ich meinen jetzigen Mann kennengelernt. Du hast einen kleinen Bruder. Ehe ich hierher gekommen bin, habe ich Zuhause reinen Tisch gemacht. Mein Mann wusste halbwegs über meine Vergangenheit Bescheid, aber Tim nicht. Er ist neugierig und würde dich ebenso gern kennenlernen, wie Mario."

Das waren Neuigkeiten! Ich hatte einen Bruder!

„Ich hoffe, du kannst mir irgendwann verzeihen, dass ich so schwach war", flüsterte meine Mutter. Erneut glänzten Tränen in ihren Augen. Mit einem Mal war der Drang, sie in meine Arme zu schließen größer, als jede Zurückhaltung. Ja, es würde eine Zeitlang dauern, bis ich alles verarbeitet haben würde, doch nun, da meine inneren Mauern sowieso schon eingerissen waren, konnte ich mir gut vorstellen, dass wir uns annähern würden.

Ich folgte einfach meinem Gefühl, stand auf und ging langsam zu ihr hinüber. Überrascht hob sie den Kopf, als ich vor ihr stand. Zögernd sank ich vor ihr auf die Knie und schloss sie einfach in meine Arme. Meine Mutter schluchzte auf, ehe sie mich ihrerseits umklammerte. Nun verschwamm meine Sicht, als mir selbst Tränen in den Augen standen. Mein Herz klopfte wie verrückt und es fühlte sich einfach nur gut an, Mama in den Armen zu halten. Wenn mich nicht alles täuschte, so roch sie sogar noch nach demselben Parfüm wie damals. Erinnerungen wurden bei dem Duft wach.

Erst Minuten später lösten wir uns voneinander. Tja und was erkannte ich da? Alle Anwesenden wischten sich die Augen trocken und Kai schritt resolut zum Barschrank, öffnete ihn und entnahm ihm eine Flasche. „Sorry, aber ich brauche erst mal einen Schnaps!“ Daraufhin erntete er ein Lachen, was er als Ermutigung ansah, jedem von uns ein Gläschen einzuschenken. Wir stießen auf eine Zukunft an, in der wir uns nicht mehr aus den Augen verlieren würden.

Es wurde ein langer Abend, an dem wir nicht müde wurden, uns aus unseren Leben zu erzählen. Als ich schließlich gemeinsam mit Rika todmüde ins Bett fiel, war ich mir sicher, dass ich in diesem Jahr gleich zwei Weihnachtswunder erleben durfte. Rika und das Wiedersehen mit meiner Mutter.

Kapitel 28

Rika

Es war wundervoll zu sehen, wie sehr Adrian und seine Mutter in den nächsten beiden Tagen versuchten, ihre Vergangenheit zu bewältigen, um sie hinter sich zu lassen. Keine Ahnung, ob er wusste, dass er ihr bereits ein ganzes Stück weit verziehen hatte. Natürlich war mir klar, dass es nicht von jetzt auf gleich ging, doch sie waren auf einem guten Weg. Immerhin hatte ich ihm sein Verhalten auch ziemlich schnell verziehen, weil ich ihn liebte. Trotzdem spürte ich immer noch einen Hauch von Angst oder Unbehagen, wenn ich an unsere Rückkehr dachte, welche wir nun auf den Sonntag verschoben hatten.

So bekamen auch Adrians Halbbruder und sein Stiefvater die Gelegenheit, uns kennenzulernen. Mario war ein herzlicher, charmanter und gutaussehender Mann, der tatsächlich ein wenig Ähnlichkeit mit George Clooney aufwies. Irgendwann fand ich heraus, dass es dieses besondere jungenhafte Schmunzeln war, was ihn so anziehend machte. Adrians kleiner Bruder Tim war gar nicht mehr so klein. Mit seinen fünfzehn Jahren war er schon fast so groß wie Adrian, doch im Gegensatz zu ihm hatte er Marios schwarzbraunes Haar geerbt. Dazu kamen allerdings dieselben türkisblauen Augen wie mein Freund sie von Katie vererbt bekommen hatte. Ein wahrer Herzensbrecher wuchs da heran.

Am liebsten hätte ich mich zurückgezogen und dieser Familienzusammenführung mehr Raum gelassen, doch Adrian bestand darauf, dass ich dazu gehörte. Das zeigte mir, wie wichtig ich ihm sein musste, auch wenn immer noch dieses Fünkchen Angst in meinem Inneren schwelte, gegen das ich nicht ankam.

Meine Gedanken schweiften in dieser Zeit immer mal wieder zu Theo ab. Ob er eine ebensolche Wiedervereinigung feiern durfte? Ich hoffte sehr, dass er ebenfalls sein Weihnachtswunder bekam, denn er hatte es schwer genug gehabt. Zu gern wüsste ich, wo er sich gerade aufhielt. Doch das würde wohl sein Geheimnis bleiben.

Unsere Koffer waren gepackt und nach dem Frühstück ging es in Richtung Heimat. Von Katie und ihrer Familie hatten wir uns bereits am Abend verabschiedet. Sehr zu unserer Freude versprachen sie, uns zu Weihnachten zu besuchen. So fiel uns der Abschied nicht allzu schwer.

Nun standen wir im Innenhof des Schlosshotels und warfen einen letzten Blick in die Runde. Die weißen Schneehauben auf den Dächern waren in den letzten Tagen noch weiter angewachsen und die gesamte Umgebung ruhte unter einer dicken Schneedecke. Mit der weißen Pracht ging für mich immer ein Stückchen Ruhe einher, denn alle Geräusche schienen gedämpfter.

Kai und Iris traten zu uns, um uns nacheinander in eine Umarmung zu schließen. „Kommt gut nach Hause und lasst mal von euch hören“, meinte Iris mit Tränen in den Augen.

„Natürlich melden wir uns“, versprach Adrian.

„Hier wird immer ein Plätzchen für euch frei sein, wenn es euch zu Hause zu eng wird“, meinte Kai mit einem Zwinkern. Mir war sofort klar, dass er auf seinen Bruder anspielte. Mittlerweile kannte er auch die Einzelheiten, was mein Verhältnis zu diesem anging und wie er mich behandelt hatte.

„Vielen Dank!“, erwiderte ich freudig. Wir gingen beide mit einem lachenden und einem weinenden Auge, denn einerseits freuten wir uns auf daheim, andererseits verließen wir einen Ort sowie Menschen, die wir liebgewonnen hatten.

„Macht es gut!“ Um den Abschied nicht zu sehr in die Länge zu ziehen, griffen wir unsere Koffer und liefen los. Zum Glück war der Weg nach unten geräumt, sodass wir kurze Zeit später im Auto saßen.

„Wenn alles gut läuft, sind wir noch vor dem Abend zu Hause“, überlegte Adrian, als wir Dresden hinter uns gelassen hatten. „Ich würde gern meinem Vater direkt einen Besuch abstatten, damit wir wirklich neu anfangen können. Was hältst du davon, mich zu begleiten?“

Mir fuhr der Schreck durch alle Glieder. Ich sollte Herrn Schmidt unter die Augen treten? Für mich würde er wohl immer Herr Schmidt bleiben, denn ich konnte ihn nicht als Adrians Vater ansehen. Nicht nach allem, was ich in den letzten Tagen erfahren hatte. „Hältst du das für eine gute Idee?“, fragte ich vorsichtig. „Ich bin doch ein rotes Tuch für ihn.“

„Damit kann ich leben. Keine Angst, ich bin auch noch da und schütze dich. Außerdem kannst du jederzeit gehen, wenn es dir zu viel wird. Mir würde es viel bedeuten“, fügte er hinzu.

„Du machst es mir absichtlich schwer“, schimpfte ich. „Hör auf damit.“

„Es ist mir aber wirklich wichtig“, beharrte er und schenkte mir ein schnelles Lächeln, ehe er sich wieder auf die Straße konzentrierte. Eigentlich war das etwas, was die Männer, meiner Meinung nach, unter sich klären mussten. Doch ich wollte Adrian auch nicht im Stich lassen.

„Also gut. Aber sobald er ausfallend wird, bin ich weg. Das muss ich mir nicht antun“, erklärte ich. „Das mache ich nur, weil ich dich liebe.“

„Und ich liebe dich, mein Schatz!“

Anscheinend war ich eingenickt, denn ich schreckte hoch, als wir die Autobahn verließen. Nun war es nicht mehr weit bis zu unserer kleinen Stadt. „Oh, ich muss eingeschlafen sein“, entschuldigte ich mich und setzte mich wieder aufrecht hin.

„Nicht so schlimm. Die letzten Tage waren ja auch anstrengend“, tröstete mich Adrian lächelnd. „Wir sind fast da. Bist du bereit für die Höhle des Löwen?“, wollte er wissen.

„Nicht wirklich“, gab ich schulterzuckend zurück. „Lass es uns einfach hinter uns bringen.“

Also fuhr Adrian direkt zum Haus seines Vaters. Eigentlich hatte ich mit einer imposanten Villa gerechnet, umso überraschter war ich, als ich ein schmuckes Einfamilienhaus erkannte. Es war zwar etwas größer, doch alles in allem wirkte es bescheidener, als ich gedacht hatte.

„Ich packe als erstes die Sachen zusammen, die mir wirklich wichtig sind und verstaue sie im Wagen, denn ich traue ihm durchaus zu, dass er uns rauswirft und ich dann nicht mehr reinkomme", erklärte er.

„Okay, ich helfe dir."

„Danke, Liebes." Er nahm mich in den Arm, um mich zu küssen. Wie sehr ich es liebte, wenn sich unsere Lippen berührten und wir den Rest der Welt ausblendeten! Leider war der Kuss viel zu schnell vorbei, sodass ich mich daran erinnerte, dass wir eine Aufgabe zu erledigen hatten.

„Das meiste habe ich in meinem alten Kinderzimmer gehortet. Selbst ein paar Kartons müssten dort noch stehen", erklärte Adrian, ergriff meine Hand und zog mich zur Haustür. Das Auto von Herrn Schmidt war nirgendwo zu sehen, doch das musste nichts heißen. Adrian zückte seinen Schlüssel und ließ uns herein. Stille empfing uns.

„Ich würde sagen, wir haben gute Chancen, ungesehen in mein Zimmer zu kommen", meinte er. „Anscheinend ist nicht einmal seine Haushälterin hier." Er führte mich zu der Treppe und in den ersten Stock hinauf. Dort steuerte er die letzte Tür nahe der kleinen Galerie an und kramte erneut einen Schlüssel hervor. „Vertrauen ist gut, Kontrolle ist besser", erklärte er, als er meinen verwunderten Blick wahrnahm. „Et voilà, mein Reich!" Er zog mich hinein, schloss die Tür hinter uns und drückte mich sanft dagegen, noch ehe ich mich umsehen konnte.

„Weißt du, dass noch keine Frau mit mir hier oben war?“, raunte er mir ins Ohr, ehe er sanfte Küsse auf meinem Hals verteilte.

„Das heißt dann wohl, dass deine Mutter das Zimmer nie betreten hat?“, neckte ich ihn atemlos.

„Du kleines Biest! Du weißt genau, was ich meine!“ Während ich kicherte, suchte seine Hand einen Weg unter meinen Pullover, um dort meine Haut zu liebkosen. Seufzend legte ich den Kopf gegen die Tür und schloss die Augen.

„Aber eigentlich ist das auch nicht wichtig“, flüsterte er und hielt inne. „Ich möchte einfach nur mit allem abschließen. Dazu brauche ich keinen Sex im Kinderzimmer.“ Erneut entwich mir ein tiefer Seufzer, denn obwohl ich seiner Meinung war, war es schade, dass er aufhörte.

„Dann lass uns an die Arbeit gehen“, bestimmte ich und schlüpfte unter seinem Arm hindurch. Lachend folgte er mir.

„Bist du jetzt beleidigt?“, erkundigte er sich schmunzelnd.

„Nein! Wenn wir später dort weitermachen, wo du gerade aufgehört hast, können wir uns viel mehr Zeit lassen“, erklärte ich grinsend.

„Wo du recht hast …“, stimmte er mir zu.

Dann erklärte er mir, welche Dinge er zusammenpacken und mitnehmen wollte.

Kapitel 29

Adrian

Wir waren gerade fertig, als ich unten die Haustür aufgehen hörte. Dann fiel sie wieder ins Schloss. Das war Timing! Dabei hätte ich gern zuerst meine Sachen im Auto verstaut, doch es reichte erst einmal, wenn wir die Kartons hinunterbrachten und an der Haustür abstellten.

„Mein Vater ist wieder da“, teilte ich Rika sofort mit. „Bist du bereit?“

„Nicht wirklich“, erwiderte sie seufzend. „Dennoch bleibe ich an deiner Seite.“

„Wir schaffen das schon“, sprach ich uns beiden noch ein wenig Mut zu. Dann schnappte ich mir den ersten Karton und ging zur Treppe. Ich vergewisserte mich mit einem Blick über die Schulter, dass Rika mir mit einem zweiten, kleineren folgte und ging hinunter. Leider wartete dort mein Vater auf uns.

„Adrian! Was machst du denn hier?“, begrüßte er mich, ehe er mit zusammengekniffenen Augen den Karton beäugte.

„Vater. Ich hole nur ein paar Dinge ab, die mir wichtig sind“, erklärte ich. Nun erreichte auch Rika den Treppenabsatz. Ich nahm ihr den Karton ab und schickte sie nochmals hinauf. „Kannst du bitte noch den letzten holen?“ Sie nickte und eilte in mein Zimmer zurück. Mein Vater schwieg, dennoch spürte ich allzu deutlich, wie sich sein Blick in meinen Hinterkopf bohrte, da ich kurz mit dem Rücken zu ihm stand, um als Puffer zwischen ihm und Rika zu agieren.

In Windeseile war sie zurück. Ich kam ihr ein Stück entgegen, um ihr den Karton abzunehmen. Ihre Wangen glühten. „Bist du sicher, dass du das mit mir durchziehen willst?“, erkundigte ich mich besorgt. „Du kannst auch gern im Auto warten und ich mache es allein.“

„Nein, schon gut. Ich kenne ihn ja bereits und weiß, wie er sein kann“, gab sie ruhig zurück. „Lass uns gehen.“

Mein Mädchen war einfach das beste der Welt! Sie trug ihr Herz am rechten Fleck und scheute auch die Konfrontation nicht, wenn es darauf ankam. Nach allem, was sie mir erzählt hatte, hatte sie eventuell noch ein eigenes Hühnchen mit meinem Vater zu rupfen. Die Gelegenheit bot sich ihr jetzt. Gemeinsam erreichten wir ihn. Ich stellte auch diesen Karton neben der Haustür ab.

„Was soll das hier eigentlich werden?", fragte mein Vater kühl. „Räumst du mir das Haus aus? Und was hat meine Sekretärin hier zu suchen?" Er warf Rika einen kalten Blick zu.

„Nein, deine Sachen brauche ich bestimmt nicht. Ich hole nur den Rest meiner Dinge. Außerdem möchte ich ein für alle Mal unsere Angelegenheiten klären. Sollen wir das hier machen oder möchtest du lieber in dein Arbeitszimmer gehen?" Abwartend schaute ich ihn an und ließ ihm damit die Wahl. Rika trat neben mich und schob ihre kalte Hand in meine. Normalerweise saß mein Vater bei solchen Unterredungen gern hinter seinem wuchtigen Schreibtisch. Das schien ihm ein Gefühl von Macht zu geben. Und richtig: Er deutete mit einer Handbewegung an, dass wir ihm folgen sollten.

Nach wenigen Metern betraten wir sein Heiligtum und wie vermutet steuerte er direkt seinen Schreibtisch an, statt uns zu der wesentlich gemütlicheren Sitzecke zu führen. Mit festen Schritten folgte ich ihm, ließ mich allerdings nicht auf einem der einfachen Holzstühle nieder, die davor standen. Aus Erfahrung wusste ich, wie unbequem die Dinger waren und außerdem hatte ich nicht vor, lange zu bleiben. Währenddessen nahm er hoheitsvoll in seinem Sessel Platz.

„Also? Was hast du mir zu sagen? Oder soll ich anfangen?“ Oh, er provozierte immer noch gern. Lässig lehnte er sich in seinem Sessel zurück, kreuzte die Arme vor der Brust und starrte uns an. Er hatte keine Ahnung, was ihn erwartete.

„Ich glaube, du weißt ganz genau, worum es geht“, begann ich, ließ Rikas Hand los und kramte in der Innentasche meiner Jacke. Dann zog ich ein zusammengefaltetes Blatt Papier hervor und reichte es ihm.

„Das ist der Restbetrag, den ich dir noch schulde. Morgen wird er auf deinem Konto eingehen. Deinen Anwalt, der den Vorgang verwaltet, habe ich darüber in Kenntnis gesetzt mit der Bitte, den Zahlungseingang und damit das Ende des Vertrages zu bestätigen.“ Schweigend starrte er auf das Papier und blitzte mich dann an.

„So, und du meinst, damit bist du aus dem Schneider? Dass du mit Rika hier auftauchst zeigt mir doch, dass du dich nicht an unsere Vereinbarung aus dem letzten Jahr hältst.“

„Was für eine Vereinbarung?“, konterte ich. „Ich kann mich lediglich an ein paar Drohungen erinnern, die du ausgesprochen hast. Das kann man kaum eine Vereinbarung nennen.“

„Ist sie dir so egal, dass es dir gleich ist, wenn ich ihr Leben zerstöre?“ Nun kehrte er also die Seite hervor, vor der ich im letzten Jahr den Schwanz eingezogen hatte. Langsam begann es in mir zu brodeln. Ich stützte die Hände auf dem Schreibtisch ab und beugte mich zu ihm vor.

„Was willst du tun, alter Mann?“, fragte ich ruhig. „Sie aus deiner Firma werfen? Damit kommt sie mit Sicherheit klar.“

„Ich sorge dafür, dass sie nirgendwo einen anderen Job bekommt“, zischte er. „Sie wird ihre Wohnung verlieren und dann? Fängst du dein Häschen auf?“ Seine Stimme klang so verächtlich, dass ich es nicht glauben konnte. Rika trat neben mich.

„Tun Sie, was Sie nicht lassen können, Herr Schmidt. Während des letzten Jahres habe ich mir von Ihnen so einiges gefallen lassen, aber damit ist jetzt Schluss! Zu Ihrer Information: Ich habe Buch darüber geführt, wie Sie sich mir gegenüber verhalten haben und außerdem gibt es dafür genug Zeugen. Nun überlege ich ernsthaft, Sie wegen Mobbing anzuzeigen. Was macht das wohl mit Ihrem Ruf?“ Rika sprach ruhig, obwohl ich einen Hauch von Zittern in ihrer Stimme wahrnahm. Dafür klang eine Kälte mit, die ich noch nie zuvor vernommen hatte.

Mein Vater sprang auf. Sein Gesicht rötete sich und in seinen Augen blitzte Wut auf. Jetzt nur nicht klein beigeben! „Sie wagen es, mir zu drohen? Das ist ja wohl die Höhe!“

„Das ist keine Drohung, sondern eine Tatsache“, erklärte Rika ihm abgebrüht. Gott, ich liebte diese Frau! „Also sollten Sie sich lieber gut überlegen, was Sie tun. Es gibt Gesetze, an die Sie sich ebenso wie alle anderen halten müssen. Und in diesem Fall ist das Recht auf meiner Seite.“

„Tja Vater, es sieht so aus, als solltest du dein Verhalten mal überdenken. Deine Frau ist gegangen, zu deinem kleinen Bruder hast du keinen Kontakt mehr und ich bin nun auch weg.“

„Du kannst nicht gehen, denn du übernimmst die Firma!“, forderte er. Der besaß vielleicht Nerven!

„Nein, das werde ich nicht! Egal, wie oft ich es dir schon gesagt habe, ich wiederhole es zum letzten Mal: Ich werde niemals mit dir zusammenarbeiten! Solltest du dich irgendwann einmal besinnen und die Eier in der Hose haben, dich zu entschuldigen, steht meine Tür offen. Ansonsten halte dich von mir und Rika fern. Es wird keine Abendessen mehr geben, an denen ich teilnehme, damit du mich mit irgendeinem Mädchen verkuppeln kannst. Dies hier ist die Frau, die ich liebe und bei der ich mir sehr gut vorstellen kann, sie zu heiraten.“ Neben mir schnappte Rika nach Luft und auch mein Vater schien sprachlos zu sein. So hatte ich noch nie mit ihm gesprochen, doch es fühlte sich herrlich befreiend an. Das war längst überfällig gewesen.

„Das kann nicht dein Ernst sein! Sie ist nicht gut genug für dich! Das werde ich zu verhindern wissen!“, ereiferte er sich mit hochrotem Gesicht.

„Viel Erfolg dabei“, erwiderte ich ungerührt und richtete mich auf, um Rikas Hand zu ergreifen.

„Also das ist doch … Ich werde dich enterben und dieses Haus wird dir nie gehören“, spielte er seinen vorherigen Trumpf aus.

„Es ist nur ein Haus“, meinte ich, während ich mit den Schultern zuckte. Meine Erinnerungen konnte er mir nicht nehmen, sodass es mir mittlerweile falsch erschien, mein Herz an dieses Gebäude zu hängen. „Ich bin kein kleiner Junge mehr, den du herumschubsen kannst. Du hast mit Sicherheit genug Leichen im Keller, die ich nur ausgraben muss. Aber ich weiß nicht, ob ich überhaupt Lust dazu habe. Lass uns einfach in Ruhe. Ach, und ehe ich es vergesse: Ich habe deinen Bruder und meine Mutter getroffen. Es waren sehr interessante Gespräche.“

Sämtliche Farbe wich aus seinem Gesicht und er ließ sich auf seinen Sessel zurückfallen. Von seiner Überheblichkeit war nichts mehr übriggeblieben. „Kai und Katie?“, flüsterte er lediglich.

„Ganz genau. Und bevor du darüber nachdenkst, wie du ihnen schaden kannst, lass dir gesagt sein, dass sie einen Mann geheiratet hat, der sich zu wehren weiß." Eine Antwort wartete ich nicht mehr ab, sondern wandte mich an Rika. „Ich glaube, wir sind hier fertig. Oder möchtest du noch etwas loswerden?"

„Nein, wir können gehen", stimmte sie mir zu. Ihr Griff um meine Hand glich einem Schraubstock. Das einzige Indiz dafür, wie sie sich fühlte. Wir waren als Einheit gegen ihn angetreten und ich war stolz darauf. Auf dem Weg zur Tür warf ich nochmals einen Blick zurück. Er saß immer noch fassungslos in seinem Sessel und starrte uns hinterher. Zum ersten Mal hatte ich ihm erfolgreich die Stirn geboten und es war verdammt gut gewesen.

Wir eilten zur Haustür und schnappten meine Kartons, um sie im Auto zu verstauen. Zum vorerst letzten Mal warf ich einen Blick auf das Haus, in dem ich aufgewachsen war. Viele Erinnerungen hingen daran – gute wie schlechte. Ein kleiner Teil von mir hoffte, dass mein Vater irgendwann zur Besinnung kommen würde. Doch das war etwas, was in den Sternen stand. Endlich konnte ich glücklich sein und einer Zukunft entgegenschauen, die mich mit Zuversicht erfüllte. Mit Rika an meiner Seite.

Kapitel 30

Rika

Sobald sich die Haustür hinter uns geschlossen hatte und ich im Auto saß, fiel die Anspannung von mir ab, sodass ich weiche Knie bekam. Endlich hatte ich mich gegen Herrn Schmidt zur Wehr gesetzt. Es fühlte sich befreiend an, obwohl ich befürchtete, ihn mir nun endgültig zum Feind gemacht zu haben. Ich hatte keine Ahnung, ob ich nach meinem Urlaub noch einen Job haben würde oder ob ich überhaupt noch auf das Gelände käme. Doch selbst wenn ich keinen Zutritt mehr hätte, es gab nichts an meinem Arbeitsplatz, was ich unbedingt gebrauchen würde.

„Puh, das war mal eine harte Nummer", seufzte ich schließlich, nachdem wir schweigend losgefahren waren.

„Es tut mir leid, dass er dich dermaßen beleidigt hat“, meinte Adrian. „Es war wohl doch falsch von mir, dich bei mir haben zu wollen.“

„Ach Quatsch. Dann hätte ich nicht loswerden können, was mal gesagt werden musste“, winkte ich ab.

„Aber dein Job …“

„Der ist nicht so wichtig“, unterbrach ich ihn und das war er auch nicht. Arbeit konnte ich immer wieder finden. Im Grunde hatte ich schon damit abgeschlossen, seit ich meine Fühler nach einer neuen Arbeitsstelle ausgestreckt hatte. „Es hat mir gefallen, wie wir Seite an Seite eine Einheit gegen ihn gebildet haben“, schwärmte ich förmlich.

„Mir auch! Kommst du noch mit zu mir?“, erkundigte er sich.

„Natürlich! Liebend gern. Du schuldest mir noch etwas“, erinnerte ich ihn lächelnd daran, dass wir vorhin unser Vorhaben unterbrochen hatten.

„Stimmt, da war etwas“, stimmte er grinsend zu. „Was hältst du davon, wenn wir etwas zu essen bestellen und uns danach ausgiebig einander widmen?“

„Klingt nach einer tollen Idee!“

Nach dem Essen machten wir es uns im Wohnzimmer vor dem Kaminofen gemütlich, der mittlerweile eine wohltuende Wärme spendete. Ich kuschelte mich an Adrian und seufzte glücklich auf.

Seine Hand lag auf meinem Rücken und streichelte sanft darüber. Zufrieden räkelte ich mich unter seinen Zärtlichkeiten.

„Ich bin wahnsinnig froh darüber, dass wir uns zufällig wiedergetroffen haben", raunte er, während er seine Hand weiter auf Wanderschaft schickte.

„Und ich erst. Ich liebe dich. Nicht erst seit heute, sondern seit einem Jahr. Es war mir nur nicht klar. Es tut mir leid, dass ich es dir so schwergemacht habe", flüsterte ich.

„Na ja, ich hatte es verdient. Dass ich mich in dich schon damals in dich verliebt habe, habe ich ziemlich erfolgreich verdrängt, obwohl du immer in meinem Herzen warst. Das Schicksal hat es wirklich gut mit uns gemeint. Du und meine Mutter. Für mich sind gleich zwei Weihnachtswunder geschehen."

Dann unterließen wir das Reden und konzentrierten uns aufs Fühlen. Es war wie früher. Wir genossen unsere Zärtlichkeiten, dehnten sie aus und als wir uns schließlich ineinander verloren, kannte mein Glück keine Grenzen.

Hinterher lagen wir engumschlungen auf der Couch und genossen unsere Zweisamkeit. „Daran könnte ich mich gewöhnen", seufzte ich schließlich glücklich, nachdem wir lange Zeit einfach nur dem Knistern der Holzscheite im Ofen zugehört hatten, und kuschelte mich enger an ihn.

„Ja, es war perfekt“, raunte er und ich spürte, wie er mir einen leichten Kuss aufs Haar drückte. „Nun kann Weihnachten kommen. Ich habe mich noch nie so glücklich und befreit gefühlt. Außerdem bin ich gespannt, was die Zukunft an deiner Seite mir bietet.“

„Geht mir genauso“, stimmte ich ihm zu. Er hatte mein Herz repariert und wenn mich nicht alles täuschte, so würde ich in Zukunft im November nicht mehr in ein dunkles Loch fallen, wenn sich der Jahrestag des Unfalls näherte. Ich hatte meinen Anker gefunden, die Schulter, nach der ich mich in den letzten Monaten so sehr gesehnt hatte. Und ich war nicht bereit, Adrian je wieder ziehen zu lassen. Doch er hatte mich schon davon überzeugt, dass er nicht im Traum daran dachte. Lächelnd schloss ich die Augen, um mein Glück noch ein wenig mehr zu genießen.

Epilog

„Na Damian, wie lief dein Auftrag?“, erkundigte sich Lukas, als Damian wieder durch das Himmelstor trat.

„Frag nicht. Es war wirklich hart“, seufzte Damian.

„Weshalb?“

„Du durftest immerhin als heiße erwachsene Frau auf Erden wandeln, während ich als obdachloser Teenie zurückgeschickt wurde. Das war wirklich nicht einfach, kann ich dir sagen.“

„Dennoch hast du deinen Auftrag erfüllt?“, fragte Lukas gespannt.

„Ja, ich denke schon, dass ihre Herzen nun wieder vereint sind“, gab Damian lächelnd zurück. „Die beiden haben es sich unnötig schwergemacht. Außerdem habe ich Adrians Mutter noch einen Schubs in die richtige Richtung gegeben, sodass es ein herzliches Wiedersehen gab.“

„Du hast eigenständig deinen Auftrag geändert?“, fragte Lukas alarmiert.

„Na ja, es passte einfach so gut“, verteidigte sich Damian.

„Was sagt Petrus wohl dazu?“

„Das werde ich gleich erfahren“, seufzte Damian.

Und richtig. Als Lukas sich umdrehte, erblickte er Petrus, der mit fliegenden Gewändern auf sie zueilte.

„Oh, oh. Ich glaube, ich gehe lieber.“ Damit machte er sich schleunigst aus dem Staub. Alle anderen Engel schauten überrascht herüber. Das Herz des kleinen Engels klopfte heftig und er machte sich auf die Strafpredigt gefasst, obwohl er es nur gut gemeint hatte. Da war er wohl übers Ziel hinausgeschossen.

„Damian!“, donnerte Petrus. Dieser ging in Deckung. „Was hast du dir dabei gedacht?“

„Ich … also ich“, druckste Damian herum, weil er einfach nicht die Worte fand, um sich zu erklären. Wer wollte sich schon mit dem Oberboss der Engel anlegen? Schließlich hob er den Kopf und schaute Petrus ins Gesicht. Bildete er es sich nur ein, oder zuckten dessen Mundwinkel, als ob er sich mühsam ein Lächeln verkneifen musste?

Er nahm allen Mut zusammen. „Es bot sich an und vor allem sagte mir mein Gefühl, dass es richtig wäre. Warum nicht Mutter und Sohn wieder vereinen? Gerade jetzt zu Weihnachten. Er hat so lange auf sie verzichtet und ihre Herzen sehnten sich danach. Nun sind sie alle glücklich."

„Gut gemacht", lobte Petrus mit einem Mal, nachdem Damian verstummt war. Ungläubig starrte der Engel ihn an, denn er glaubte sich verhört zu haben. „So langsam bekommst du den Bogen raus und ich denke, dass du dir deine Flügel redlich verdient hast."

„Echt?"

„Echt", bestätigte Petrus lächelnd. „Bravo. Es hat zwar ein wenig gedauert, dich in die richtigen Bahnen zu lenken, doch du hast deine Aufgabe mit eins plus Sternchen abgeschlossen." Dann wandte er sich um und ging.

Wie funktionierte das jetzt mit den Flügeln? Damian war verwirrt … bis ein leises ‚Bling' ertönte und die filigranen Flügel an seinem Rücken erschienen. Glücklich probierte und bewunderte er sie. Er war stolz auf die Weihnachtswunder, die er bewirkt hatte. Zum Fest der Liebe war also wirklich alles möglich, auch, einen kleinen Engel zur Vernunft zu bringen.

- Ende -

Danksagung

Ganz herzlich möchte ich mich bei all jenen bedanken, die mich mit ihren Worten und Gesten jederzeit unterstützt haben, allen voran meine Familie, die manches Mal auf mich verzichten musste. Dieses Jahr bin ich wirklich spät dran mit meiner Weihnachtsgeschichte, doch ich wurde etwas ausgebremst. Corona hatte mich fest im Griff, sodass ich wochenlang kaum lesen, geschweige denn schreiben konnte. Doch nun bin ich endlich fertig. Ich hoffe, euch hat die Geschichte von Rika und Adrian ebenso gefallen wie mir. Sie verdienten einfach ihre eigene Lovestory.

Bei Marina Ocean bedanke ich mich für das wunderbare Cover und außerdem natürlich auch bei meinen Testlesern.

Ein ganz besonderer Dank gilt selbstverständlich meinen Lesern. Dafür, dass ihr meine Bücher lest, für eure Rückmeldungen in Form von Mails und Rezensionen. Ich freue mich jedes Mal unheimlich darüber und hoffe, ihr hört nicht damit auf.

Als Selfpublisher habe ich keinen großen Verlag hinter mir, sodass mir eure Rückmeldungen umso wichtiger sind.

Nun wünsche ich euch und euren Lieben eine schöne und besinnliche Weihnachtszeit.

Eure V. J. Marin

Leseprobe aus „Weihnachtsträume: Eine zweite Chance“

Kapitel 1

Lexi

Ich hatte nicht mehr damit gerechnet, dass sich jemand auf meine Bewerbungen melden würde, schließlich hatte die Adventszeit gerade begonnen. Jetzt lagen bei vielen Firmen die Prioritäten an anderer Stelle und nicht dabei, neue Mitarbeiter einzustellen. Umso mehr freute ich mich darüber, dass ausgerechnet mein Favorit Winterschmidt vor ein paar Tagen anrief, um mir direkt ein Praktikum anzubieten. Freudestrahlend sagte ich sofort zu und tanzte danach ausgelassen durch mein Wohnzimmer.

Wenn alles nach Plan lief, so winkte dort zum Jahresanfang eine Festanstellung für mich. Zum Glück! Ganze Steinbrocken fielen von meinem Herzen, denn ich machte mir bereits Gedanken über meine Zukunft. Es wäre mir schwergefallen, meine Wohnung zu halten, wenn ich auf einmal nur noch Arbeitslosengeld II bezogen hätte. Heute Abend gab es etwas zu feiern und Rika wusste noch nichts davon!

Winterschmidt besaß einen ausgezeichneten Ruf als Arbeitgeber, und die Fluktuationsrate war so gering, dass sie nicht erwähnenswert schien. Wenn ich den Job dort bekäme, konnte ich mich wirklich glücklich schätzen, denn da es ein etabliertes Unternehmen in der Energiebranche war, musste ich mir kaum Gedanken über eine mögliche Insolvenz machen. Deshalb stand ich doch überhaupt auf der Straße. Mein letzter Arbeitgeber hatte im letzten Herbst schließen müssen.

Jetzt lag nur noch das Wochenende zwischen mir und dieser aufregenden, neuen Herausforderung. Ich machte mir keine Illusionen: Es würde anstrengend werden, da ich komplett bei null anfing. Umso mehr wollte ich jetzt die verbleibende, freie Zeit genießen.

Der erste Weihnachtsmarkt öffnete heute Abend seine Pforten, worüber ich mich wahnsinnig freute. Damit begann für mich die Adventszeit erst richtig. Heute lag der Geruch von Schnee in der Luft und gemischt mit dem Weihnachtsduft auf dem Markt, war es ein perfekter Start.

Ich warf einen Blick aus dem Fenster, bevor ich die Rollläden herunterließ. Es dämmerte bereits und die Weihnachtsbeleuchtung in den Straßen zauberte einen festlichen Glanz in unsere kleine Stadt. Täuschte ich mich oder tänzelten gerade die ersten Schneeflocken zu Boden? Ich sah genauer hin und lachte glücklich, als ich erkannte, dass ich richtiglag. Ganz zart und weich segelten die Kristallsterne sanft zu Boden. Gebannt schaute ich ein paar Minuten zu, wie sich eine hauchfeine Puderzuckerschicht über den Gehsteig legte.

Vorfreude erfasste mich, denn wenn es so weiterging, konnte es das beste Weihnachtsfest seit langem werden. Ich war immer ein Weihnachtsmensch gewesen, liebte das Aussuchen von Geschenken, das Anfertigen von Deko und alles, was dazu gehörte. Dazu kam das Schlendern über diverse Weihnachtsmärkte, vor allem seit es Christopher nicht mehr in meinem Leben gab.

Dazu meldete sich meine beste Freundin Rika besonders gern freiwillig als meine Begleitung. Sie war seit der ersten Klasse immer für mich da gewesen und war die Schwester, die ich niemals hatte. Dafür war ich mit einer vierköpfigen Schar gutaussehender Brüder gesegnet, die früher nichts unversucht gelassen hatten, um mich auf die Palme zu bringen. Trotzdem waren sie immer auch meine Beschützer gewesen. Ja, so war es eben als Nesthäkchen und einziges Mädchen. Doch ich hatte gelernt, meine Ellbogen zu gebrauchen, auch wenn ich das nicht oft nutzte. Dafür war ich nicht der richtige Mensch. Ich griff zu meinem Smartphone.

„Hey, wie weit bist du? Können wir los?“, fragte ich Rika, sobald sie sich gemeldet hatte.

„Na klar. Treffen wir uns in zehn Minuten am ‚Eck‘?“

„Perfekt. Zieh dich warm an, es schneit!“ Ein Jauchzen ertönte aus dem Lautsprecher, sodass ich das Handy schnell etwas vom Ohr weghielt, um einen kompletten Hörsturz zu vermeiden. Hatte ich erwähnt, dass Rika mindestens genauso weihnachtsverrückt war wie ich?

„Bis gleich! Ich beeile mich!“ Und schon war das Gespräch beendet. Sogleich schlüpfte ich in meine warmen Boots, checkte, ob ich auch ein paar Stoffbeutel eingepackt hatte, denn sicher war sicher, und machte mich auf den Weg zum ‚Eck‘. Das war die urige Eckkneipe am Ende der Straße, in der wir schon den einen oder anderen Abend hatten ausklingen lassen, und welche uns immer einen Besuch wert war.

Beinahe zeitgleich erreichten wir unseren Treffpunkt und fielen uns glücklich in die Arme. Es tat wirklich gut, sie endlich leibhaftig wiederzusehen.

„Hey, meine Süße, wie geht es dir?", fragte sie sogleich, hakte sich bei mir unter und zog mich mit.

„Super! Und dir? Wir haben uns viel zu lang nicht mehr persönlich gesehen. Ich wusste schon fast nicht mehr, wie du aussiehst!" Daraufhin brach das Lachen aus ihr heraus, welches schon immer ungemein ansteckend gewesen war.

„Du übertreibst maßlos", japste sie schließlich. „Trotzdem hast du recht. Wenn ich nicht ständig arbeiten und du nicht so mit deinem Lehrgang beschäftigt gewesen wärst, hätten wir es bestimmt eher hinbekommen. Erzähl mal, warum es dir so gut geht! Du strahlst ja wie ein Honigkuchenpferd! Hast du einen Job in Aussicht?"

„Woher du immer alles schon vorher weißt …" Kopfschüttelnd lächelte ich vor mich hin, denn Rika schien tatsächlich immer einen sechsten Sinn dafür zu haben, wie es mir ging und vor allem, woran es lag. Als ich sie vor einigen Wochen anrief, um sie über das Ende meiner langjährigen Beziehung zu Christopher zu informieren, hatte sie es gewusst, bevor ich auch nur ein Wort herausbringen konnte. Sie war nie mit ihm warm geworden und vielleicht war ihr klar gewesen, dass er mich früher oder später betrügen würde. Ihm war eine Frau nicht genug gewesen und ich war nicht scharf darauf zu erfahren, wie lange er bereits zweigleisig fuhr. Mittlerweile war ich darüber hinweg und im Nachhinein schätzte ich mich glücklich, ihn los zu sein. Wie lange war ich bloß mit dieser rosaroten Brille durchs Leben gelaufen!

„Du hast recht! Winterschmidt bietet mir ein zweiwöchiges Praktikum an und wenn es gut läuft, könnte ich im Januar mein Leben neu beginnen."

„Das klingt wirklich super! Gratuliere! Ausgerechnet Winterschmidt. Wenn du dort unterkommst, ist dir der Neid von unseren Mädels sicher. Hat Nadja nicht ebenfalls im letzten Jahr versucht, dort eine Stelle zu bekommen?", fragte sie nachdenklich. „Sie war richtig fuchsig, weil es nicht geklappt hat."

„Ja, das stimmt. Aber sie hat es nicht in die engere Auswahl geschafft. Na ja, jetzt dürfte ihr das sowieso egal sein. Schließlich ist sie schwanger und bekommt bald ihr Baby." Nadja war die erste aus unserer Mädelsclique, die geheiratet hatte und auch die erste, die beschlossen hatte, dass es Zeit war, ein Kind in die Welt zu setzen. Mona war verlobt, nur Rika und ich suchten noch nach dem passenden Deckel. Irgendwann würden wir ihn finden. Es war nur eine Frage der Zeit.

„Der erste Glühweinstand, den wir sehen, wird angesteuert. Wir müssen doch auf deine Chance anstoßen! Ich freue mich wahnsinnig für dich! Du bist qualifiziert, hast dich immer weitergebildet, dass es mir ein Rätsel war, dass du keinen Job gefunden hast. Du wirst sie vom Hocker reißen!"

„Ich mache mir da nichts vor. Als Neuling in der Branche wird die Einarbeitung anstrengend. Als ich noch mit Chris zusammen war, wollte mich niemand einstellen, weil die Befürchtung im Raume stand, dass ich schwanger werden könnte. Dabei waren wir lediglich verlobt."

„Du bist aber auch immer viel zu ehrlich, Lexi."

„Ich kann einfach nicht lügen", erinnerte ich sie an eine Tatsache, die mich des Öfteren ärgerte.

„Dieses Mal konntest du allerdings mit Gewissheit behaupten, dass du Single bist." Rika drückte mich und schenkte mir ein Lächeln. „Du schnappst dir den Job, so viel ist klar!"

Hoffentlich behielt sie mit ihrer Annahme recht, denn im letzten Jahr hatte ich so viele vergebliche Bewerbungen geschrieben, dass ich in die nähere Umgebung ausweichen musste, um überhaupt noch jemanden zu finden, den ich noch nicht mit meinen Unterlagen beglückt hatte.

Doch in eine große Stadt wollte ich nicht. Mir gefiel unser Kleinstadtleben, gerade so groß, dass nicht jeder jeden kannte, aber ohne komplette Anonymität. Hier kümmerte man sich noch um seine Nachbarn, es war idyllisch und dennoch war auch ein Nachtleben vorhanden, falls einem die Decke auf den Kopf fiel.

„Komm schon! Die Schlange ist gerade nicht lang." Rika deutete auf das Kassenhäuschen, an welchem das

Eintrittsgeld für den Weihnachtsmarkt kassiert wurde. Die Entfernung von knapp zwei Kilometern hatten wir so schnell zurückgelegt, dass es mir gar nicht aufgefallen war. Schnell reihten wir uns ein, bezahlten unsere fünf Euro und fanden uns in der Weihnachtswelt wieder. Mein Herz ging auf, als ich mich umsah, die vielen kleinen Stände und die Atmosphäre in mich aufnahm. Der unverwechselbare Duft von gebrannten Mandeln, Zimt und Glühwein lag in der Luft. Unwillkürlich atmete ich tief ein, um es einen Moment einfach nur zu genießen.

Dieser Markt war wirklich besonders, da er in einem kleinen Wäldchen, welches zu einem Landgut gehörte, veranstaltet wurde. Holzschnitzel bildeten die Wege über den Waldboden, um dafür zu sorgen, dass es keine Schlammschlacht wurde. Im Moment allerdings war es kalt genug für Frost und Schnee. Die Bäume waren mit unzähligen Lichtern geschmückt, Tannenbäume und Laternen begleiteten die Besucher auf ihrem Weg über den Markt. Mittlerweile überzog auch hier eine feine Puderzuckerschicht den Boden und die Äste.

„Der erste Glühweinstand, du erinnerst dich?“, fragte Rika lachend, bevor sie mich dorthin dirigierte.

www.ingramcontent.com/pod-product-compliance
Lightning Source LLC
LaVergne TN
LVHW041156150826
845673LV00001B/184

* 9 7 9 8 3 6 7 4 5 7 4 9 0 *